AMANTE ESPOSA

Kate Walker

HARLEQUIN®

Editado por HARLEQUIN IBÉRICA, S.A.
Hermosilla, 21
28001 Madrid

AMANTE ESPOSA, Nº 1467 - 14.1.04
Título original: The Married Mistress
Publicada originalmente por Mills & Boon®, Ltd., Londres.

I.S.B.N.: 84-671-1386-3
Depósito legal: B-45636-2003
Editor responsable: M. T. Villar
Diseño cubierta: María J. Velasco Juez
Composición: M.T., S.L.
Avda. Filipinas, 48. 28003 Madrid
Fotomecánica: PREIMPRESIÓN 2000
c/. Matilde Hernández, 34. 28019 Madrid
Impresión y encuadernación: LITOGRAFÍA ROSÉS, S.A.
c/. Energía, 11. 08850 Gavá (Barcelona)
Fecha impresion para Argentina: 13.9.04
Distribuidor exclusivo para España: LOGISTA
Distribuidor para México: CODIPLYRSA
Distribuidores para Argentina: interior, BERTRAN, S.A.C. Vélez Sársfield, 1950. Cap. Fed./ Buenos Aires y Gran Buenos Aires, VACCARO SÁNCHEZ y Cía, S.A.
Distribuidor para Chile: DISTRIBUIDORA ALFA, S.A.

Capítulo 1

SARAH se apartó de la puerta entreabierta tan cuidadosamente y en silencio como le fue posible. No era sencillo. La sola idea de molestar a los ocupantes de la habitación, el hecho de llamar su atención sobre su presencia, confirmando así que los había visto, aceleraba el pulso de su corazón y enturbiaba su mente.

Bajo su brillante melena pelirroja asomaba un rostro blanquecino y sus asombrosos ojos verde esmeralda resaltaban en contraste con la extrema palidez de sus mejillas.

Sintió náuseas, enferma de rabia y traición, y necesitó un par de minutos antes de poder hacer frente a lo inevitable. Tendría que volver a bajar las escaleras. Tenía que alejarse de la escena que sus ojos habían descubierto, llenos de asombro, cuando había abierto la puerta en un primer momento. Una imagen que había borrado de su ánimo la paz de espíritu que creía que finalmente había alcanzado.

¡Paz de espíritu, ja!

¡Eso sí que tenía gracia! Pensó en ello mientras llegaba a la escalera. Hacía mucho tiempo que no había disfrutado de una verdadera paz. Esa paz de espíritu que nacía de lo más profundo del alma humana cuando uno se sabía realmente feliz. Feliz y satisfecho con su entorno vital. Tal y como lo había sido en un tiempo que ahora le resultaba extrañamente lejano.

Pero ahora no quería pensar en el pasado. No tenía sentido. Debía concentrarse en el momento presente. El pasado solo lograría socavar su habilidad para manejar la situación a la que se enfrentaba en esos momentos

–¿Sarah?

Era la voz de Jason. Sonaba grave y áspera, teñida de asombro.

Distinguió el sonido de los muelles de la cama, seguido de pasos amortiguados por la moqueta. Había notado su presencia e iba a su encuentro.

La figura del pasillo también había escuchado los pasos. Y había distinguido con claridad la voz. Una voz masculina que le produjo un profundo dolor en la boca del estómago y una punzada en el corazón.

Ella estaba con un hombre. Allí. En la casa que una vez habían compartido. Estaba claro que no se había tomado en serio su amenaza acerca de su inminente regreso.

Pero, al parecer, no había sido demasiado pronto. La dulce Sarah se había mantenido ocupada durante su ausencia. Había encontrado otro hombre. Y lo había perdido con la misma rapidez, si tenía en cuenta la celeridad con que la delgada figura de pelo castaño rojizo, vestida con una blusa verde pálido y una falda tubo algo más oscura, bajaba las escaleras de caracol.

Sarah no era feliz. Era tan desgraciada que no lo vio, de pie junto a la pared, amparado por la sombra de la puerta que se mimetizaba con su pelo negro y su cazadora de cuero. Y esa reacción bastaba para que supiera qué había ocurrido exactamente en la habitación del primer piso.

El mismo dormitorio que, en otro tiempo, había sido suyo.

Ese pensamiento lo encolerizó, empañó sus ojos con un velo rojizo, anuló por completo su capacidad para cualquier clase de pensamiento.

–¿Sarah? –gritó nuevamente Jason, la voz repleta de ecos que Sarah no deseaba interpretar–. ¿Eres tú?

Ahora parecía enojado. Antes que Sarah pudiera encontrar una respuesta, una señal que delatara su presencia, Jason había alcanzado el descansillo y estaba asomado a la barandilla, mirándola fijamente.

Su larga melena rubia estaba despeinada y aún tenía las mejillas coloradas. Pero, al menos, había tenido la oportunidad de ponerse unos vaqueros, si bien todavía llevaba el torso desnudo y los pies descalzos.

–¿Así que eres tú? ¿No me has oído llamarte? ¿Por qué demonios no has contestado? ¿Cómo es que has vuelto tan temprano?

Era una técnica que ella conocía demasiado bien. Consistía en disparar una batería de preguntas para desorientar al enemigo y que no supiera qué contestar en primer lugar. Significaba que estaba nervioso. Todavía no sabía cuánto tiempo llevaba en la casa ni si había subido al primer piso.

Puedo ir y venir cuando me venga en gana, Jason. ¡Esta es mi casa!

El hombre, oculto entre las sombras, corrigió mentalmente la afirmación de Sarah. Se trataba de su casa. La gran mansión de Londres siempre había pertenecido a la familia Nicolaides. Había permitido que ella siguiera allí porque le convenía, pero no le pertenecía. Incluso si seguía siendo, técnicamente, su esposa.

Claro que, aparentemente, solo en el papel.

Un momento antes había sentido el impulso de dar un paso al frente, salir de su escondite y encararse con los dos. Pero, en el momento en que el tipo de melena rubia se había asomado en el rellano, había cambiado de idea. La idea de aguardar acontecimientos y observar parecía más adecuada. Si alguna vez había asistido a una cita secreta, un encuentro sexual ilícito, ahora la evidencia se mostraba en la expresión culpable de ese bastardo. Si fuera juez, aseguraría que la otra mujer todavía estaba en el dormitorio.

–¡Sarah, no te enfades por algo tan tonto!

Jason estaba bajando las escaleras mientras se arreglaba el pelo con la mano y terminaba de abrocharse los pantalones.

–¡Una tontería!

El tono gélido en la voz de Sarah dibujó una sonrisa seca en la boca del observador. Conocía ese tono demasiado bien. También él había soportado ese reproche, lleno de indignación, en más de una ocasión. Todavía le dolía el impacto que le había causado la última vez que lo había utilizado con él.

–¡Una tontería!

–Bueno, de acuerdo. Me he echado la siesta en tu cama. ¿Y qué? –admitió el hombre, seguro de que podría salir del paso–. ¿Qué tiene de malo? Al fin y al cabo vamos a compartir la cama de ahora en adelante.

–Todavía no he accedido a que te mudes aquí.

–Bueno, quizá no lo hayas expresado con palabras, pero ambos sabemos que solo es cuestión de tiempo –apuntó Jason.

Sarah pensó que hablaba con una insultante seguridad en sí mismo. Se sentía herida y traicionada. Estaba claro que creía que ella no había subido a la habitación, que no sabía lo que había pasado en su dormitorio.

Todavía pensaba que se saldría con la suya porque la consideraba tan ingenua como para tragarse cualquier excusa. Y lo que más enfurecía a Sarah era que, sola e infeliz, seguramente mostraba esa cara ante los demás.

–Ambos sabemos que era lo más probable.

–¿Jacey? Jacey, cariño...

Una tercera voz, leve, petulante y femenina, interrumpió a Sarah antes de que pudiera tomar la palabra. Al tiempo que Jason se volvía, un nuevo improperio en la punta de la lengua, se abrió la puerta del dormitorio y apareció la figura curvilínea de una joven en el descansillo. Llevaba una bata de seda de color rojo, bastante suelta, que Sarah reconoció al instante. Hecha a medida para su esbelta figura, sobresalía en el cuerpo menudo de esa mujer y colgaba hasta el suelo en vez de llegar hasta la pantorrilla.

–¿Piensas volver en algún momento? –dijo con un puchero y se asomó a la barandilla–. Echo de menos...

–¡Andrea, te he dicho que no te movieras! –señaló Jason con ira–. ¡Tenías que quedarte muy quieta y...!

–¡Estaba aburrida! –protestó la chica–. Estaba harta de esperarte.

–¡No te enfades por algo tan tonto! –repitió Sarah

con amargura–. Me pregunto qué pensara tu «amiguita» cuando sepa que te refieres a ella en esos términos.

El arrebato de Sarah acalló a Jason por un momento mientras la mirada de Andrea se clavaba en la otra figura femenina.

–¿Y tú quién eres?

–¿Yo?

Para su asombro, Sarah logró controlar el temblor de su voz. Claro que cualquiera que la conociera bien habría reconocido en la rigidez de su tono su lucha interior para mantener el control de la situación. El hombre que estaba observando la escena lo conocía bien.

–Soy la propietaria de esta casa, de la cama en la que estabas acostada, de la bata que llevas puesta...

Y la novia de Jason, supuso que podría haber añadido, pero esas palabras se le atragantaron.

–La bata que... ¡apenas llevas!

Estaba tan tensa como un húsar y muda de rabia.

El observador apreció cómo había perdido el color de sus mejillas y apretaba la mandíbula con fuerza. De pronto, sintió un repentino e inoportuno ataque cercano a la compasión.

Peligrosamente cercano.

La compasión era un error con esa mujer, un error muy grave, y lo hacía vulnerable. Una vez le había entregado su corazón y ella lo había machacado, hecho añicos, igual que un pedazo de basura. No estaba dispuesto a correr ese riesgo otra vez.

–Así pues, ¿puedo sugerirte que vuelvas a la habitación, te vistas y salgas de aquí? ¡Y llévate a tu hombre contigo!

–Pero Sarah...

–¡Fuera!

Se dijo que podría recuperar la entereza si se marchaba en ese instante. Si daba media vuelta y salía de allí inmediatamente quizá fuera capaz de olvidar su estúpido comportamiento de las últimas dos semanas. Una actitud que la había llevado nuevamente a embarcarse en una relación fracasada desde el principio.

Había buscado en esa relación una cierta comodidad y un refugio, pero solo le había conducido al caos en el que se encontraba ahora mismo.

–¡Sarah, por favor! No significa nada, en serio. Solo ha sido una aventura.

–¿Una aventura? ¿Estabas dispuesto a traicionar mi confianza, a poner en peligro nuestra relación por algo que ni siquiera te importa? ¡Solo lo has hecho para hacerme rabiar!

Al menos, Damon había tenido la decencia de engañarla con la mujer que amaba. Su amante había sido el sujeto de sus deseos y ella solo había jugado el papel de esposa por conveniencia.

La expresión de Jason reflejaba abatimiento y un falso arrepentimiento. Tal y como había supuesto, dio un par de pasos en su dirección y se acercó a ella. Demasiado cerca, desde luego.

–¡Vamos, Sarah! Tienes que entenderlo.

Avanzó otro paso y esta vez alargó la mano hacia ella. Estaba a punto de rozarla y ya le resultaba intolerable.

–¡No!

Sarah levantó los puños, lo apartó de sí presa de un ataque de nervios y dio media vuelta, incapaz de pensar en otra cosa que no fuera salir de allí. Apenas podía soportar que respirasen el mismo aire. Solo deseaba alejarse de él, libre y en paz. Libre para olvidar a Jason y todo lo que había significado para ella.

Libre para pensar en el hombre que una vez lo había significado todo para ella. Libre para...

–¡Uf!

El grito de pánico, entre la confusión y el arrebato, escapó de sus labios con violencia impelido por el aire retenido en sus pulmones al tiempo que tropezaba, ciega y desorientada, con un cuerpo sólido interpuesto en su camino. Una masa sólida y fuerte que bloqueaba el paso.

Una masa sólida, fuerte y cálida.

Un cuerpo sólido, fuerte, cálido y vivo, que respiraba.

Una figura tan intensamente masculina, esbelta, proporcionada y enérgica que solo podía pertenecer a una persona. Un hombre alto y fuerte, en la flor de la vida.

Un hombre cuyos brazos, de modo instintivo, volaron hacia ella para sostenerla cuando perdió el equilibrio. Un hombre cuyo pecho, ancho y poderoso, sirvió de apoyo para su cabeza, la mejilla sobre el polo blanco, inmaculado. Podía distinguir el latido de su corazón como el eco de la sangre que le corría por las venas. A través de sus fosas nasales aspiraba el intenso aroma, sensual y embriagador. Era una mezcla de la piel fresca, un leve toque de una colonia ligeramente afrutada y el inconfundible aroma de su misma esencia.

Un aroma que conocía tan bien como el de su propio cuerpo. Era tan reconocible que no necesitaba escuchar su voz ni ver su rostro para confirmar la terrible sospecha. Incluso si lo intentaba, no tendría ninguna oportunidad para negar la evidencia ni para escapar de su impacto.

La reacción inmediata de su cuerpo, en el caso de que hubiera necesitado una nueva prueba, no dejó lugar a dudas. Una llamarada recorrió su cuerpo, cada terminación nerviosa, y arrasó con toda sombra de incertidumbre antes de que pudiera siquiera formar la palabra en su boca.

–Da...

La sílaba suelta salió ahogada de su boca. Fue incapaz de retenerla dentro, si bien carecía de la fuerza necesaria para completar el nombre.

Solo un hombre había logrado colocarla en ese estado de ansiedad. Solo un hombre había podido estimular sus sentimientos y sus emociones tan descarnadamente.

–Damon... –susurró–. ¡Damon!

Adivinó, sobre su cabeza, cómo se dibujaba en sus labios una amplia sonrisa de triunfo y sintió el gorjeo sordo de la risa bajo su mejilla. Sabía, sin ningún género de dudas, que estaba disfrutando con el efecto que había causado en ella su presencia y la rapidez con que su cuerpo había evidenciado las señales de ese impacto.

Tan solo la conciencia de que le había otorgado, en bandeja de plata, un arma perfecta para usar en su contra la condenó a un silencio mortificante. Tuvo que apretar los dientes para sofocar el violento rechazo que casi dejó escapar. Damon Nicolaides no necesitaba que lo animaran para sentirse naturalmente superior a cualquier otro ser humano. Ya se sentía en una nube y, seguramente, interpretaría sus atropelladas excusas como todo lo contrario de lo que dijera.

–¡Damon! –repitió en un tono muy diferente–. ¡Suéltame ahora mismo!

Una vez más escuchó el eco de su risa en su pecho.

–Sabes que no estás hablando en serio, encanto.

Era la primera vez en seis meses que escuchaba su voz. La sensación agridulce que eso produjo en su sistema emocional, los recuerdos que reavivó en una décima de segundo, casi la desarmaron por completo.

–Pues claro que sí.

Reunió las pocas fuerzas que le quedaban, se revolvió entre sus brazos y echó la cabeza hacia atrás hasta que pudo mirarlo directamente a la cara, oculta entre las sombras.

Al instante lamentó su iniciativa.

Si había cometido un error al permitir que notara la reacción de su cuerpo al caer en sus brazos, este era definitivamente un segundo error. Y era mucho más grave y bastante más peligroso de lo que había hecho hasta entonces.

Al levantar la vista hacia él reconoció el atractivo de sus facciones, la pulcritud de sus rasgos, el brillo de sus ojos negros y la calidez de su sonrisa. De pronto sentía que nunca se había marchado de su lado. En esos terribles momentos, los ciento ochenta días que se había ausentado desaparecieron como si nunca hubieran existido. Entonces recordó el devastador momento en que había conocido la verdad. El día en que el padre de Damon había obligado a Sarah a abrir los ojos para comprender que su amor no se basaba en los principios sólidos que ella había imaginado, sino que se sostenía sobre arenas movedizas. Había perdido pie y se había quedado sola, perdida y sin ningún punto de apoyo.

–En serio... –intentó de nuevo, pero sus palabras se desgajaron al entrar en contacto con el aire, incapaces de soportar el énfasis que Sarah deseaba otorgarles.

Tuvo que admitir que sus protestas no habían causado el menor impacto en su marido. Miró en sus profundos ojos negros, pero no encontró ningún consuelo. Sin embargo su sonrisa se agrandó, feroz, mientras le devolvía la mirada.

–Hola, preciosa –saludó con un leve acento en la voz–. Me alegro de verte.

Antes de que pudiera interpretar el significado de esa sonrisa, antes de que comprendiera que había cometido un tercer error, la cabeza orgullosa se había inclinado sobre ella y selló sus labios con un beso ardiente.

Un beso que barrió toda estrategia de resistencia. Un beso que arrasó sus defensas antes incluso de que pensara en ellas, igual que el torrencial cauce de un río se llevaría por delante las raíces de un árbol joven, arrastrándolo a su paso.

Sarah se encontraba a merced de esa fuerza de la naturaleza. Desconcertada ante semejante aluvión de emociones, se limitó a cerrar los ojos y se dejó llevar por el más profundo y primitivo de los sentimientos. Una sensualidad plena y absoluta.

Era como el primer beso y, al mismo tiempo, no se parecía a nada de lo que había experimentado en el pasado. Comenzó de modo abrupto, poderoso, sensual. Pero, enseguida, se suavizó. Era como si ella, a su pesar, se abriera a él, claudicara ante su asalto, separase los labios y permitiera la arrogante invasión de su lengua.

Estaba perdida entre un mar de sensaciones, ajena a la realidad. El suelo había perdido firmeza bajo sus pies y el pasillo se había convertido en una neblina azul, pálida y oscura. El zumbido del tráfico de Londres, siempre presente en cualquier punto de la ciudad, se había convertido en un suave ronroneo que acompañaba melodioso el frenético latido de su corazón.

No dejaba de repetirse que no deseaba nada de eso.

No quería nada, pero lo deseaba todo. Sabía que si la soltaba volvería al infierno de la soledad, la terrible soledad en que se había convertido su vida desde que su breve matrimonio se había roto. Y, después de lo que había sufrido, sabía que no podría pasar por ello una segunda vez.

–Perdona.

Esa breve interrupción apenas traspasó el cerco de pasión que encerraban los pensamientos de Sarah y llegó hasta sus oídos como un sonido más, desprovisto de significado.

–¡Perdona! –repitió Jason con más énfasis.

Ese segundo intento tuvo algún efecto sobre Damon. Hizo una pausa, sus labios todavía pegados a la boca de Sarah, y levantó la cabeza justo lo necesario.

–¿Sí?

Su tono resultaba seco, desdeñoso e insultante. Si la injerencia de Jason había resultado fría, la respuesta de Damon había sido puro hielo.

–¿Qué puedo hacer por ti?

Las palabras de Damon iban dirigidas a Jason, arrojadas con desprecio, y eso hizo que el otro hombre perdiera el hilo de su pensamiento. Se sentía algo perdido y no sabía cómo recuperar el equilibrio.

–Yo... me gustaría saber...

El muy estúpido estaba definitivamente hundido y Damon se permitió una sonrisa de satisfacción ante la embarazosa expresión de Jason, perplejo e iracundo. Y era así exactamente como lo quería. Encajaba perfectamente con el plan que había ideado mientras observaba junto a la puerta el pequeño drama que se había desarrollado frente a él.

Necesitaba a Jason y a Sarah fuera de sí, desconcertados. Inseguros de sí mismos y de él.

Deseaba tenerlos en el filo de la navaja mientras se preguntaban cómo reaccionaría.

Así pues forzó una sonrisa frente a la expresión beligerante de Jason, de modo que la sorpresa de su oponente fue aún mayor.

–¿Sí? –preguntó con educación, mientras sujetaba entre sus brazos a la mujer.

No se trataba tan solo de una exhibición. Iba más allá de la imagen que quería presentar al otro hombre, un intruso en su territorio, un extraño que había intentado perturbar la paz de su guarida.

La realidad era que, después de tanto tiempo sin tener a Sarah entre sus brazos, no podía liberarla. Había aguardado tanto tiempo para eso, había soñado tantas veces con ese momento y lo había imaginado tantas noches solitarias que ahora no renunciaría sin presentar batalla.

La amarga ironía era que esa no era precisamente la situación que había planeado. Nunca había imaginado otro hombre. Desde luego nunca había pensado en un tipo como Jason ni en la rubia de la bata roja que seguía en lo alto de las escaleras, apoyada en la barandilla, siguiendo la escena con verdadera curiosidad.

–Bueno... –balbució Jason, cada vez más atónito–. ¿Es que no lo ves?

–No, me temo que no –replicó Damon con fingida sinceridad, aparentemente preocupado–. Lo lamento, pero tendrás que explicarte. ¿Qué te sorprende exactamente?

–¿Acaso no resulta obvio? –Jason estaba perdiendo los estribos–. ¡Tú! ¡Tú eres el problema! ¿Quién diablos eres?

–¿Quién diablos soy? –replicó Damon, sopesando la respuesta, si bien Sarah estaba segura que solo formaba parte de su juego–. Pensaba que ya lo sabías. Pero, ya que no es así, tendré que explicártelo. Yo...

Se detuvo y miró a Sarah.

–Voy a decirte quién diablos soy. Tienes que saberlo, ya que tanto te preocupa. Verás, querido Jason, soy el nuevo amor de Sarah. De hecho, soy tu sustituto en la cama de esta encantadora señorita.

Capítulo 2

LA REALIDAD era que Damon creía que Sarah le pertenecía hasta que decidiera lo contrario. Nunca se había sentido verdaderamente preparado para dejarla marchar. Había permitido que se alejara porque ella no le había dejado otra alternativa. Había aguardado su oportunidad. En uno de sus numerosos viajes de negocios, Sarah había hecho las maletas y había huido de la isla.

La gente no acostumbraba a comportarse de ese modo con Damon Nicolaides. Desde luego, ninguna mujer se había atrevido en el pasado. Sarah había roto las reglas. Y como consecuencia de esta temeridad sabía que Damon jamás la perdonaría. Guardaría la memoria de esa traición a su orgullo masculino en lo más profundo de su frío corazón y nunca lo olvidaría.

–Damon... –murmuró Sarah contra la presión de la boca de Damon–. Yo...

–Calla, *agape mou* –la recriminó él con una falsa ternura que no sentía pero que resultaba creíble en sus labios–. Deja que yo me ocupe.

–Pero...

Una vez más pugnó por hacerse oír, pero nuevamente acalló su voz con un beso. Esta vez fue tan cálido que le robó el alma, todas sus defensas se desvanecieron y su corazón experimentó un extraño gozo.

Había pronunciado esa última frase con tanta seguridad en sí mismo que solo podía someterse y acatar sus instrucciones.

Y, sin fuerzas, supo que lo haría. No había nada más que pudiera hacer. Había perdido toda esperanza para reaccionar en el calor de la instantánea respuesta de su cuerpo. La proximidad de su cuerpo y la cálida prisión de su abrazo, apoyada contra el muro de su torso, habían tenido un efecto devastador sobre el control que creía que había adquirido en los meses que había pasado lejos de su presencia. Pero las sensaciones que esos besos habían despertado habían empeorado todo.

Esas tres clases de besos habían revelado a la perfección las diferentes caras de la naturaleza de Damon. Era muy capaz de combinar la caballerosidad y la ternura con el brutal salvajismo del lado más oscuro de su personalidad. Eran dos facetas tan opuestas como el día de la noche. Había conocido ambos registros en el breve periodo de tiempo que habían convivido y, en un primer momento, había creído que su lado tierno y generoso correspondía a su auténtica personalidad.

Pero la realidad se había revelado ante sus ojos con extrema rapidez y crueldad. La vida, así como el padre de Damon, le habían arrancado la venda rosa de los ojos con dolorosa eficacia. Y desde entonces no había sido capaz de mirarle a los ojos del mismo modo.

–¿Quién demonios eres? –preguntó Jason, obviamente desconcertado.

–Mi nombre es Damon Nicolaides –espetó, consciente del efecto inmediato que el reconocimiento de su nombre producía en cualquier interlocutor

–¿Nicolaides? –repitió con la voz temblorosa.

Todo el mundo conocía a Damon. Todo el mundo.

Su fortuna y su vida social siempre lo colocaban en todas las portadas de las revistas. Sus relaciones con modelos y actrices, su amistad con productores de cine y propietarios de los grandes medios de comunicación, le aseguraban la foto en todos los actos sociales. Y su aspecto demoledoramente masculino causaba estragos en todas las lectores femeninas, desde las adolescentes hasta las viudas. Su riqueza y su poder también se reflejaban en las columnas financieras. Y su habilidad para incrementar ambos capitales aseguraba que su reputación fuera tan grande como su imperio económico.

–¿Damon Nicolaides?

Estaba claro que era la última persona que Jason habría imaginado que se encontraría en una situación semejante. ¿Cómo era posible que ella lo conociera? La entonación de su pregunta revelaba claramente que ese interrogante le rondaba la cabeza.

–Sí, en efecto.

Sarah reconocía el tono de Damon. Tenía el matiz justo de educación, precavido y controlado. Significaba que estaba a punto de perder la paciencia y que no soportaría ni una sola indirecta más. Y nadie presionaría si fuera inteligente y quisiera evitar a toda costa la violenta explosión que latía en el ambiente.

–Jason... –aventuró Sarah, pero enseguida sintió un apretón de aviso por parte del hombre que la tenía sujeta entre sus brazos.

–Permite que yo responda a todas las preguntas, Sarah. Será lo más sencillo.

–¡Sencillo! –bramó, incapaz de controlarse–. ¿Para quién?

–¡Para todos!

La advertencia que, de un modo implícito, había recibido momentos antes en sus propias carnes se repetía, veladamente, en el trasfondo de su voz. El matiz era más severo y un escalofrío le recorrió la espina dorsal.

Estaba frente al hombre que había conocido en el pasado cuando algún empleado lo importunaba con alguna estúpida equivocación o un periodista iba demasiado lejos. Era el preludio de la tormenta y esa idea estremeció a Sarah. Tan solo había conocido ese lado salvaje de Damon en una ocasión, pero le había bastado. Y no deseaba volver a pasar por ello en el resto de su vida.

–¿Todos?

Damon inclinó nuevamente la cabeza hasta que su sensual boca se situó a la altura de la oreja de Sarah. La calidez de su aliento agitaba los mechones cobrizos de su cabello contra la mejilla.

–¿Quieres que me deshaga de él, o no?

Sí, desde luego quería desembarazarse de Jason. Fuera de su casa y fuera de su vida. Y ojalá se llevara con él a Damon. Pero sabía que esa posibilidad era tan remota como improbable.

Y, en esa situación, consciente de que era un mal menor, apretó los labios con furia para acallar la protesta que le latía en la boca y se obligó a asentir en señal de conformidad.

Era todo lo que Damon necesitaba. Satisfecho ante la cesión de poder a la que había accedido Sarah, se volvió y encaró a Jason.

–¿Hay algo más que quieras saber?

Si Sarah conocía a Jason, querría saberlo todo. Pero se limitó a una sola pregunta. El tono vacilante de su voz revelaba su escepticismo.

–¿Me estás diciendo que vosotros sois pareja?

–No es una reivindicación –replicó Damon con sequedad–. Es un hecho.

Y, en prueba de su palabra, apretó a Sarah contra él, rodeándola con un brazo de acero. Sentía la oreja y una mejilla aplastadas contra su pecho. Eso amortiguaba su capacidad auditiva, pero cazó la atónita respuesta de Jason.

–¿Y tú estás de acuerdo, Sarry?

Sarah únicamente pudo asentir en silencio. Solo rezaba para que Damon se deshiciera de Jason y entonces ella podría deshacerse de Damon. Siempre que le fuera posible, claro. Damon, cada vez que se ponía cabezota, era tan inamovible como una roca e igual de impenetrable.

–¿Y cuándo os conocisteis? ¿Dónde?

–Anoche, en la fiesta que se celebró en la galería de arte –señaló Damon por sorpresa y sin la menor vacilación–. Supongo que te diste cuenta de que no durmió aquí. O puede que no lo notaras...

El movimiento de su cabeza concluyó la frase inacabada. Sarah no necesitó levantar la vista para tener la certeza de que la penetrante mirada de Damon se había desplazado hasta el primer piso, donde la compañera de cama de Jason continuaba apoyada en la barandilla, presa del asombro y la curiosidad, muda de emoción.

Estaba tan callada que Sarah había olvidado por completo su presencia.

–Estoy seguro de que estarías ocupado en otros compromisos.

Ahora se notaba que Damon estaba perdiendo la paciencia. Quizá el pequeño drama que había sorprendido a su llegada le había hecho gracia en un primer momento, pero su atractivo era más bien limitado y se estaba agotando. Quería a Jason y a su fulana fuera de la casa lo antes posible. Si no se marchaban de inmediato no podría responder de sus actos. Y si perdía el control no sería responsable de las consecuencias. Las cosas podían empeorar considerablemente.

Pero lo peor de todo era la asunción de lo que realmente lo estaba afectando. Y no se trataba de esa rata viscosa y su pequeña furcia, desde luego.

–¡No estaba aquí anoche! Y, por cierto, mi nombre es Andrea.

La otra mujer había tomado la palabra y Sarah sintió una inmediata punzada al reconocer ese tono tan característico, lo que despertó en ella un instinto primario. A pesar de que su cuerpo todavía guardaba el calor de otro hombre, esa tal Andrea había respondido al inequívoco atractivo masculino de Damon con instinto predatorio y había disfrazado su voz con un reproche de coquetería. Sarah, que apenas podía moverse en su cárcel de acero, atisbó con dificultad el pasillo superior y capturó una imagen de la voluptuosa mujer, inclinada sobre la barandilla en una indecente exhibición de lo que ella consideraría un llamativo escote.

Pero Damon no parecía especialmente cautivado por esa visión.

–Pero ahora sí que estás aquí –replicó–. Y preferiría que no fuese así. Así que vístete y llévate a tu amante fuera de esta casa. ¡Y rápido! De lo contrario no respondo de las posibles consecuencias.

Andrea respondió con un puchero, pero comprendió que hablaba muy en serio. Salió disparada hacia el dormitorio. Se vistió en apenas unos minutos, animada por la amenaza latente en la voz de Damon, y reapareció completamente vestida. Llevaba una minifalda y una blusa blanca muy ajustada. Arrastraba descuidadamente la bata de satén rojo en un brazo. Bajó las escaleras sin el menor estilo, calzada con unos zapatos de tacón de aguja, y se reunió con el grupo en el vestíbulo.

–Creo que esto es tuyo.

Dejó caer la bata a los pies de Sarah, se volvió hacia un atónito Jason y se agarró de su brazo.

–Vamos, Jace –dijo–. Ya es hora de que nos larguemos de aquí.

–Creo que deberías hacer caso a la señorita, *Jace*... –sugirió Damon con evidente sarcasmo–. Ya tendríais que haberos marchado.

–Pero... –protestó pero Jason, pero una mirada a los ojos negros de Damon bastó para que reconsiderase su postura–. Está bien. Ya me voy.

Pero había en su voz que le decía a Sarah que aquello todavía no había terminado. Y que todavía guardaba una bala en la recámara antes de que saliera de su vida.

Entonces, en un reflejo instintivo, se tensó entre los brazos de Damon a la espera de un último ataque...

Pero, pese a sus temores, no ocurrió nada.

El portazo de la pareja al abandonar la casa funcionó como la espoleta de una reacción en cadena que afectó todo su sistema. Sintió una sacudida en cada terminación nerviosa de su cuerpo y levantó la cabeza tras un espasmo, lejos de la cálida seguridad del pecho de Damon.

–Está bien.

Procuró calmarla con mucho tacto y le acarició el cabello, el hombro y el brazo.

–Ya se han marchado –dijo y la miró a esos enormes ojos verdes que vigilaban con cautela–. Ya estás a salvo.

–¡No estaba asustada!

Sarah, desesperada, intentó recobrar su maltrecha autoestima para hacer frente a la sonrisa que reflejaba la mirada de Damon con cierta entereza. Parecía endemoniadamente satisfecho consigo mismo.

–¡No tenía miedo! –repitió, enfática, en clara alusión a la idea que rondaba a Damon en su cabeza y que expresaba con evidente ironía al enarcar una ceja–. Estaba, sencillamente, aprisionada por ti.

Y se removió entre sus brazos para reforzar esa respuesta y liberarse de su abrazo. Al principio, por un momento, creyó que se resistiría y que la forzaría a una lucha baldía o a una humillante sumisión. Pero entonces, de pronto, Damon la soltó tan inesperadamente que permaneció apoyada en un solo pie, en franco desequilibrio. Su testarudez, pese a todo, le impidió alargar la mano para sujetarse en él.

El hecho de que Damon le leyera el pensamiento con tanta claridad solo multiplicó la turbación de Sarah. Odiaba el modo en que le brillaban los ojos, la leve curvatura en la comisura de sus labios que revelaba hasta qué punto se divertía.

–Ahora ya eres libre –señaló con calma.

–Sí –dijo Sarah, y añadió casi por obligación–: ¡Gracias!

–Ha sido un placer.

Se había inclinado mientras hablaba para recuperar la bata roja que Andrea había tirado a sus pies momentos antes.

–Creo que es tuya, si no me equivoco.

Sarah dirigió una mirada de odio hacia la inofensiva prenda que Damon sostenía frente a ella. Era del todo imposible ignorar el contraste entre la fuerza de esos dedos bronceados y la ligereza del tejido, totalmente insustancial entre sus manos. Pero la idea de tocar su piel o la fina seda le producía un estremecimiento interior.

Lentamente estiró el brazo, se apoderó de la bata de seda roja, y entonces dio rienda suelta a sus deseos. Arrugó la prenda entre sus manos, sin misericordia, formó una pelota y la arrojó con todas sus fuerzas lo más lejos que pudo.

–¡No la quiero! ¡No, después de que esa mujer lo haya llevado puesto! No podría soportarlo –gritó.

Damon siguió con la mirada el vuelo grácil de la prenda, que dibujó un arco en el aire y aterrizó en el suelo una vez más. Después se volvió hacia ella y clavó sus ojos negros en el rostro de Sarah.

–Te compraré otra –indicó.

–No hace falta. Yo...

Las palabras murieron a medio camino cuando comprendió el alcance y las posibles consecuencias de la oferta de Damon. Estaba claro que planeaba quedarse una temporada y esa idea le resultaba terriblemente incómoda. Más aún después de la escena que acababa de presenciar y la interpretación que habría hecho de la misma. Y, peor todavía, después de lo que había descubierto acerca de sí misma.

–Puedo comprarme uno. Tengo un buen sueldo en la galería de arte y puedo permitirme una bata nueva...

Sarah sabía que solo había tomado la palabra para huir del silencio y distraer así sus propios pensamientos. Había demasiadas cosas en las que no deseaba pensar porque, sencillamente, no se atrevía. Y, de momento, resultaba mucho más fácil concentrarse en el momento presente y lo que estaba ocurriendo.

Al fin y al cabo, tenía que hacer frente a una situación difícil. Sarah aspiró con fuerza y dejó escapar el aire lentamente en un largo suspiro. Presumiblemente Jason se habría marchado, y Andrea también. Y la verdad era que se alegraba de su partida. Pero Damon seguía allí. Y librarse de él sería una empresa mucho más dura.

–¿Qué estás haciendo aquí, Damon?

–He venido a verte, por supuesto, mi querida...

–No me refiero a eso, ¡y lo sabes perfectamente! –lo

interrumpió con contundencia, aterrorizada ante la idea de que surgiera de sus labios la palabra «esposa».

En un tiempo se había sentido orgullosa y feliz, inmensamente feliz, de ser su esposa, pese a que Damon hubiera insistido, por razones personales, en que ocultaran la verdad a todo el mundo. Pero ahora solo deseaba olvidar a toda costa esa fachada en que había consistido su breve y doloroso matrimonio. Borrarlo de su mente ya que no podía desterrarlo de su pasado.

–Quiero que me digas qué haces aquí, en Londres.

–Tengo que atender un negocio en la ciudad. Unas reuniones muy importantes.

Damon admitió para sí que no estaba siendo totalmente sincero. Pero, por el momento, no estaba preparado para asumir la verdad. Quizá no lo estuviera nunca.

Había planeado una cita con Sarah para hablar de su matrimonio o lo poco que quedara de él. Las intenciones que había albergado cuando había llegado a la casa regresaron a su mente para atormentarlo, burlándose de su ingenuidad y la vana esperanza que había alimentado su cabeza.

Se dijo que le había concedido a Sarah un tiempo prudencial para que se sosegara. Al cabo de seis meses viviendo por su cuenta, rechazando con insistencia cada uno de sus intentos por verla, devolviendo todas sus cartas cerradas, ¿acaso no estaría preparada para escucharlo?

Se había dicho que tendría que recibirlo y escucharlo a cualquier precio. Hablaría y ella escucharía en silencio. Y lograría convencerla para que regresara con él a Grecia, a la isla de Mykonos. Y allí le mostraría lo que había hecho. Y entonces...

Pero no había superado ese momento en su esquema mental.

–Entiendo. Un asunto de negocios, por supuesto. ¿Y qué más?

La voz de Sarah era fría y seca. De no haberla conocido mejor habría jurado que parecía desilusionada. Algo que le hubiera agradado unos minutos antes, a su llegada a la casa, cuando todavía tenía esperanzas e ilusiones sobre su futuro. Antes de que Jason hubiera aparecido medio desnudo y sus expectativas se hubieran hecho añicos.

–Ya me conoces, *ghineka mou* –replicó–. Siempre estoy ocupado con nuevos contratos y posibles acuerdos.

–¿Nuevos terrenos? –contestó Sarah con mordacidad.

Si antes había sentido una cierta desilusión, ahora estaba sumida en una furiosa amargura que refulgía en su mirada.

–¿Alguna bonita ampliación en tus hoteles últimamente, Damon?

–Nada desde que te marchaste, amor mío –contestó en un tono excesivamente meloso–. Y, si no recuerdo mal, nunca firmaste los documentos que daban el visto bueno a la única ampliación que yo deseaba.

–No, no lo hice, ¿verdad? Supongo que eso te complicaría bastante las cosas.

La sonrisa de Damon en respuesta al mordaz comentario de Sarah resultó oscura, tensa y carente de calidez.

–No lo complicó más de lo que ya lo estaba, *agape mou*. Ya te expliqué que no me casé contigo porque fueras propietaria de esos terrenos.

–Ya sé lo que me dijiste, querido esposo. Pero también cuenta lo que yo creo.

Quería que él pensara que la razón de que su matrimonio hubiera fracasado era el terreno que la Corporación Nicolaides más codiciaba en la isla de Mykonos. Era la razón que había esgrimido cuando había escrito una nota antes de abandonarlo y el motivo al que se ha bía aferrado cuando Damon había salido en su busca, totalmente furibundo, para exigirle que regresara a su lado. Eso y el hecho de que había terminado aburrida de su matrimonio y de su vida en la pequeña isla. Y estaba dispuesta a defender esa razón antes que admitir la terriblemente dolorosa verdad.

–¡Admítelo! Tuvo que resultar un claro inconveniente el descubrimiento de que la tierra que mi abuelo me había dejado en herencia fuera precisamente la parte de la isla que más deseabas. Sobre todo después de que el anciano hubiera escupido a la cara de tu padre que preferiría morir antes que firmar cualquier documento que entregara esos terrenos a cualquier miembro de tu familia.

El abuelo de Sarah había sido medio griego por parte de su madre y por ahí había heredado los terrenos de la isla. La tierra en cuestión dividía dos pequeños hoteles de la Corporación Nicolaides y, durante mucho tiempo, su padre y el propio Damon habían ambicionado hacerse con ese terreno para unir ambos hoteles y convertirlo en un espectacular complejo turístico. Pero la familia materna de Alexander Meyerson arrastraba una larga enemistad con el clan Nicolaides. Y esa rivalidad había aumentado al mismo ritmo en que se incrementaba la oferta económica por ese terreno, emponzoñando la frustración de Aristóteles Nicolaides.

Así que cuando Damon había sabido que Sarah, única heredera de su abuelo, se había convertido en la propietaria del terreno, había ido a hablar con ella.

Y ella, pobre tonta, había facilitado muchísimo las cosas a Damon al enamorarse perdidamente de él.

–Supongo que habrás maldecido a esos abogados que me escribieron para informarme de mi suerte antes de que tuvieras tiempo para hacerme firmar esos documentos de propiedad.

–No cabe duda de que fue, como bien dices, un inconveniente –gruñó Damon, los rasgos ensombrecidos en una expresión funesta–. Pero no fue necesariamente fatídico. O no la habría sido si te hubieras quedado para discutirlo conmigo. O si hubieras regresado...

–¡Volver! –Sarah no puedo evitar la exclamación de asombro y disgusto que surgió de sus labios impelida por esa ultrajante declaración–. ¿Quieres que vuelva a un matrimonio que ha sido una farsa desde el primer día? ¿Una relación que siempre se ha basado en la mentira y el engaño? ¿Un matrimonio que siempre te has esforzado en ocultar porque te avergonzabas de él?

–¡Nunca me he avergonzado! –contestó al punto–. Pero habría resultado complicado hacerlo público en ese momento.

–¡Seguro que sí! Bueno, quizá debería estarte agradecida después de todo. Gracias a ti me he librado de la humillación pública y la pésima publicidad que habría soportado si la gente hubiera descubierto que me había casado contigo. Ahora solo tengo que esperar los papeles del divorcio y nos separaremos para siempre sin hacer ruido. ¡Discúlpame!

Sarah intentó esquivarlo, pero se encontró con su cuerpo en mitad del pasillo.

–¿Adónde crees que vas?

–Arriba.

–¿Para qué?

–¿Acaso es asunto tuyo?

–¡Compláceme!

Sarah observó la expresión decidida de su rostro, la marcada línea de su quijada, y suspiró exasperada. Sabía perfectamente que Damon no le cedería el paso hasta que le diera alguna razón.

–Quiero subir al dormitorio y retirar las sábanas de la cama que Jason y esa fulana han usado –señaló.

El asco dibujó una mueca en su labio y la amargura se posó en su lengua.

–Quiero poner la lavadora inmediatamente –prosiguió–. Claro que, si fuera honesta conmigo misma, quemaría inmediatamente todo el conjunto.

Para alivio de Sarah, Damon se echó a un lado y le franqueó el paso. Sin embargo, al cabo de los dos primeros escalones, comprendió que estaba a su espalda.

–Voy a subir contigo –dijo Damon.

–¡No! –sin embargo él ignoró la protesta y continuó el ascenso–. Damon...

Sarah se volvió y se encaró con él. La vista fija en su

apuesto rostro, adivinó la determinación en sus rasgos inflexibles.

–¡No te necesito!

La idea de que ese hombre, su marido durante un breve periodo de su vida, entrara con ella en su habitación implicaba una intimidad que no deseaba revivir por nada del mundo. Tendría que haberle dicho claramente que no lo deseaba allí. Pero esas palabras transportaban otro significado mucho más peligroso y no estaba segura de que su expresión hubiera tenido la necesaria convicción.

–Será más fácil entre dos –apuntó Damon y ella se vio obligada a remontar las escaleras si no quería que sus cuerpos chocaran.

–Ya lo hecho sola antes...

–Estoy seguro –dijo Damon mientras reculaba nuevamente–. Pero ahora estoy aquí y no hay ninguna razón para que lo hagas sola.

–¡Damon, es mi habitación!

La rabia, la falta de aliento al verse obligada a subir las escaleras de espaldas y la consciencia del hombre que estaba junto a ella pusieron un leve temblor en su voz. La anchura de su pecho y sus hombros se hacía más evidente desde ese ángulo, el brillo de la luz del sol sobre los mechones ondulados de su cabello hacía que brillaran como pliegues de seda y la blancura de sus dientes cuando le sonreía enfatizaba el contraste con el bronceado de su piel.

–¡Sarah, es mi casa! –replicó Damon, haciéndose eco del tono iracundo de ella.

¿Y qué podía responder ante eso? No había respuesta posible que le hiciera mella. Se trataba de su casa y eso era un hecho incontestable. No había querido nada que le perteneciera, pero había necesitado un techo bajo el que guarecerse. Y, por lo que sabía, Damon ya había construido en el terreno de la disputa. Era perfectamente capaz de actuar sin ninguna moralidad si se daba el caso.

Sarah terminó de subir las escaleras hasta el descansillo y encaró a Damon en actitud desafiante.

–¡Me dijiste que podía quedarme aquí! –protestó y se estremeció al advertir un cambio en la expresión de Damon, mucho más lúgubre.

–Dije que tú podías quedarte aquí –accedió–. Pero no dije nada de parásitos de otra especie.

Sarah supo que había llegado la hora de decirle la verdad. Tenía que puntualizar que, pese a las posibles connotaciones, Jason nunca había sido invitado a quedarse en la casa, ni en su dormitorio y, mucho menos, en su cama.

Pero ¿por qué se le atragantaron las palabras en la garganta? ¿Por qué no podía arrojárselas al rostro y terminar con esa situación?

Sencillamente, Damon no tenía ningún derecho a entrometerse en su vida. Había perdido ese derecho cuando había traicionado su confianza y la había tratado como una posesión más, un medio para sus fines en vez de una esposa amada.

¡Esposa de su corazón!

Eso sí que tenía gracia. Un chiste enfermizo y de muy mal gusto. Una broma que era como una puñalada en su corazón, en su alma. El filo oxidado de una navaja que reabriera viejas heridas que el tiempo apenas había ayudado a cicatrizar.

Nunca había sido la esposa de Damon. Al menos, nunca había alcanzado ese estado salvo, quizá, en el plano sexual. Había sido su esposa en la cama, pero nada más. Damon había suspirado por su cuerpo. No habría podido ocultar ni fingir el deseo apasionado que había sentido por ella. Y eso le habría facilitado el camino para llevar a cabo su estrategia.

El dolor que acompañó esa oleada de recuerdos borró de su mente el sentido común y se volvió hacia él con inusitada rabia.

–¡Y supongo que tú habrás llevado una vida de celibato y contención en estos últimos seis meses! –espetó.

El furibundo ataque de Sarah desconcertó a Damon. Se replegó en sí mismo y guardó silencio. Su expresión se cerró como un abanico y Sarah no fue capaz de leer sus pensamientos.

–¿No dices nada, Damon? Supongo que no. Ya conoces el dicho de la sartén y el cazo, ¿verdad?

–Sí, conozco esa cxpresión. Pero no veo qué relación puede tener con esta situación.

Su aparente inocencia, los grandes ojos negros abiertos con aire ingenuo, resultaba desconcertante.

Sarah cerró los ojos un instante en actitud defensiva ante el acoso de los recuerdos. La imagen exacta en que su suegro, Aristóteles Nicolaides, le había revelado la verdadera naturaleza de la relación de su hijo con Eugenia Stakis. El matrimonio largamente planeado que uniría para siempre las fortunas de las dos familias y a los dos amantes. En apenas unos minutos le había explicado los motivos de Damon para que su matrimonio, un simple acuerdo económico, se mantuviera en secreto.

Pero Damon, por supuesto, no tenía la menor idea de que su pobre esposa estuviera al corriente de sus maquiavélicos planes y, por consiguiente, creía que todavía podría librarse de toda culpa.

–Claro que no ves la relación –apuntó ella.

Abrió los ojos, pero evitó cualquier encuentro con la mirada de Damon. Giró sobre los talones y dirigió su atención hacia la cama deshecha frente a ella.

–¡Nunca le dije a Jason que podía disponer libremente de mi casa! –dijo de un modo abrupto y agarró una de las almohadas con saña para descargar su tristeza mientras sacudía la funda–. Y jamás le habría facilitado una llave si hubiera sabido lo que tenía en mente.

–Pero, tal y como has dejado claro, tu vida en estos últimos seis meses no es asunto mío –indicó Damon en un tono cada vez más frío.

Sarah sintió un escalofrío en la espalda ante el gélido matiz de sus palabras.

Susurró algo incompresible que bien podría entenderse como una suerte de asentimiento. Tiró la almohada desnuda al suelo y agarró la funda de algodón. Al inclinarse para retirar las sábanas recordó cómo se había sentido momentos antes cuando se había acercado a la puerta del dormitorio y había escuchado la voz de Jason, despreocupada. Sintió que perdía el equilibrio y cerró el puño sobre la cama hasta que los nudillos se le quedaron blancos.

–¿Sarah?

Damon, que seguramente había seguido todos sus movimientos, se acercó a ella y la sujetó antes de que Sarah comprendiera que había perdido el equilibrio.

–¡Sarah! –repitió con cierta emoción ronca en la voz que ella no osó interpretar.

Había furia en su voz, pero ¿contra quién? Y toda una extraña mezcla de emociones que su cabeza procuró separar individualmente.

Pero se sentía demasiado débil y no se resistió cuando Damon la sujetó entre sus brazos. Abrazada a él, la mejilla apoyada en la camisa, sentía el contacto de su mano en la nuca.

–¡Sarah, ese bastardo no vale la pena! No malgastes tus lágrimas en alguien como él.

–¿Lágrimas?

Sarah levantó la mano y se tocó la cara solo para comprobar que Damon no mentía. Tenía la piel humedecida por unas lágrimas que había dejado escapar de un modo totalmente inconsciente, y sus pestañas estaban pegadas.

Eran las lágrimas que habían amenazado sus ojos desde que había abierto la puerta del dormitorio y había descubierto a Jason, el hombre que le había jurado que solo deseaba curar su maltrecho corazón, desnudo con otra mujer. Se sentiría mejor si daba rienda suelta al dolor y lloraba su pena en el hombro de Damon.

Era una perspectiva tentadora, pero muy peligrosa. Luchaba contra esa posibilidad porque conocía la interpretación que Damon haría de esa situación. La única que él consideraba en su fuero interno.

Creería que estaba llorando la marcha de Jason.

Pensaría que el otro hombre le habría roto el corazón al ser descubierto con su amante en plena tarde.

Y entonces lo maldeciría, lo insultaría y posiblemente juraría vengar esa afrenta. De hecho, si conocía a ese marido suyo, pese a su separación, era más que posible que fuera tras Jason y entonces ella tendría que retenerlo e implorarle que se quedara.

Y si llegaba a ese punto, eso la destrozaría. Nunca habría sido un buen momento para Damon reapareciese en su vida, pero sin duda había elegido el peor de todos.

Había creído que estaba recuperándose de las heridas que ese hombre le había infligido durante su matrimonio. Esa misma mañana había pensado que, poco a poco, las cosas volvían a la normalidad mientras ella recuperaba el control de su vida. Había sopesado incluso la idea de volver a empezar sin que esa idea le hundiera en la más profunda desolación. Tenía un buen trabajo como ayudante de Rhys Morgan, comerciante de arte y propietario de una galería en Londres. Jason parecía que había logrado sacarla del estado de depresión en que se había sumido desde que había regresado de Grecia. Y, sobre todo, el hombre al que había adorado y que había utilizado su amor para sus propios fines egoístas estaba a cientos de kilómetros de distancia, en una isla griega que llamaba «hogar».

La única razón por la que Jason se había quedado en la casa todo el día había sido porque esperaba un envío muy importante. El congelador de la cocina había muerto con una dramática cantidad de comida en su interior y Sarah se había visto obligada a comprar uno nuevo. Pero cuando la habían llamado de la galería para que sustituyera a un compañero enfermo había pensado que tendría que cancelar el envío hasta que Jason, que acababa de quedarse sin trabajo, se había ofrecido para quedarse en la casa. Habían salido un par de veces en supuestas citas, pero a sus ojos no eran más que simples conocidos.

–No tengo nada mejor que hacer –le había dicho–. Solo pensaba repasar los periódicos en busca de empleo. Y puedo hacerlo en tu casa igual que en la mía.

Pero Sarah había regresado inesperadamente temprano. Rhys, extrañamente preocupado, le había dado la tarde libre. Había reconocido el coche de Jason aparcado en la calle camino de la casa. El instinto le había aconsejado que abriera la puerta sin hacer ruido y cruzara el vestíbulo. Un ruido amortiguado en el piso de arriba, la risa de otra mujer, había conducido a Sarah hasta las escaleras y había subido en silencio hasta el rellano.

–¡Esto es vida, Jace! ¡Te aseguro que podría acostumbrarme enseguida! –la voz de la mujer había llegado nítida a oídos de Sarah mientras pisaba la moqueta azul.

–Bueno, no te acostumbres demasiado pronto, preciosa –la voz altisonante de Jason resultaba inconfundible–. La remilgada señora Meyerson llegará a las cinco y tienes que sacar ese precioso trasero de aquí antes de que vuelva.

–¡Ojalá no tuviera que marcharme! No me gusta compartirte con ella, Jacey. De veras.

–A mí tampoco me gusta perder el tiempo con ella, cariño –le había asegurado Jason–. Pero ¡está forrada! Fíjate en esta casa. Es enorme y, en este barrio, seguro que vale una fortuna. Tiene que costar varios millones. Y prácticamente es mía. Ya me ha dado una llave, así que puedo entrar y salir a voluntad. En un par de semanas estará comiendo de mi mano...

Y entonces lo había sabido. Había comprendido que esa clase de desgracias no solían repetirse. Porque, incluso mientras escuchaba los planes que Jason y la bruja de su chica elaboraban para jugar con sus emociones, había comprendido que ya no le importaba. Y que a pesar de sus esperanzas y sus sueños por empezar una nueva vida, Jason no significaba nada para ella y sus avariciosos planes, todavía menos.

La verdadera conmoción que había desarbolado su compostura y paz de espíritu había nacido de la certeza de que todo había sido un engaño. Sus sueños y su renovada ilusión por dejar atrás el dolor y la traición del pasado se habían basado en las arenas movedizas del engaño. No había superado a Damon, como no era capaz de volar hasta la luna.

Y si había tenido alguna duda, alguna esperanza de que no estuviera en lo cierto, se había desvanecido en el instante en que se había abalanzado en los brazos de Damon y se había sentido en casa.

Se había enamorado perdidamente de Damon Nicolaides desde el instante en que lo había visto por primera vez y nada de lo ocurrido había cambiado esa realidad. Había tomado prisionero su corazón y todavía lo mantenía cautivo entre sus poderosas manos. Todos los sueños acerca de un futuro, una nueva vida, no habían sido más que pura fantasía. Y se había disipado como la niebla al entrar en contacto con los primeros rayos del sol.

La realidad era que estaba desesperadamente enamorada de Damon y que siempre lo estaría. Mientras que él jamás había sentido nada por ella, más allá de la ardiente pasión que lo había impulsado a llevarla a la cama. E incluso eso había supuesto una complicación que no había buscado en su estrategia para alcanzar su meta.

Esa era la única y auténtica razón que la empujaba a deshacerse en lágrimas. Quería arrastrar el dolor de su corazón mediante el torrente salvaje de sus lágrimas.

Pero no podía dejarse llevar por ese impulso por miedo a traicionar sus auténticos motivos frente al hombre responsable de toda su angustia.

Capítulo 3

DAMON comprendió, en un repentino acceso de furia, que había cometido el peor error posible desde que había llegado a la casa.

La acción de tomar a Sarah entre sus brazos había sido lo más estúpido, lo más peligroso y lo más imprudente que podía haber hecho. Y ahora lo lamentaba profundamente. ¿O no?

Había resultado totalmente imposible sentir el calor aterciopelado de su piel e inhalar el aroma dulce de su cuerpo de mujer sin que su propio físico reaccionara con primitivismo masculino. Incluso ahora, su cuerpo sufría con el recuerdo sensorial de ese instante salvaje en que la tensión le había agarrotado las entrañas. Tal y como había ocurrido en el pasado.

Hubo un tiempo en que había resultado natural tenerla entre sus brazos, levantarla y llevarla hasta el dormitorio. Entonces podía tumbarla sobre el colchón, inclinarse sobre su cuerpo...

–¿Damon?

Había un leve acento de vacilación en la voz de Sarah, una interrogación implícita. No necesitaba más palabras para cuestionar su comportamiento.

¿Qué pensaba que estaba haciendo?

¿Qué estaba haciendo?

Estaba abrazando a Sarah del modo en que había soñado hacerlo con vehemencia durante los últimos seis meses.

–¡Damon, por favor!

La nota de asfixia en su voz reveló a Damon que había apretado más de la cuenta y que había vaciado de aire el cuerpo esbelto de Sarah hasta poner en peligro su delicada estructura ósea.

–*Sighnomi*, lo siento... –susurró, pero no soltó la presa.

Durante un segundo alivió el cerco, pero enseguida cerró los brazos sobre el cuerpo de ella con tanta fuerza que Sarah levantó la vista hacia él, como impulsada por un resorte, y lo miró desaforada con sus enormes ojos verdes.

–No, la verdad es que no lo lamento –mascullό con la voz áspera–. ¿Sabes cuánto tiempo llevo esperando este momento? ¿Cómo lo deseaba?

Las noches habían sido lo más duro. Las noches que había pasado en vela mientras la pulsión sexual desaparecía y recuperaba la calma con los sentidos saciados. Nunca le había sido posible conciliar el sueño porque, aun después de los clímax más salvajes que hubiera alcanzado en toda su vida, no había sido capaz de someterse a la satisfacción que envolvía todo su cuerpo.

Así que había tenido que quedarse tendido en la cama. Y, la cabeza levantada sobre la almohada, había observado cómo ella se entregaba al sueño. Y esa sola contemplación había resultado un acto de extrema sensualidad.

Había bajado la vista desde la frente alta hasta los párpados cerrados, donde las largas pestañas formaban un arco de media luna sobre la pálida piel de sus mejillas. Había dibujado la curva sensual y cálida de su boca, el trazo suave de la barbilla y la longitud del cuello. Y cuando su mirada había aterrizado en las curvas de su cuerpo, la corporeidad de sus pechos y sus caderas, marcadas todavía por el brillo indeleble de su pasión, había experimentado de nuevo la tensión de sus músculos y la amenaza de que sus sentidos, plenos, buscaban saciar su apetito para reclamar, de ese modo, una nueva satisfacción. Un placer renovado que sus sentidos habían conocido en el pasado. La cima del éxtasis que había experimentado durante la noche. Siempre había terminado punzado por un deseo de poseerla todavía más salvaje del que había sentido la vez inmediata.

¡Theos! Se sentía exactamente así en ese instante. Todo su cuerpo era puro fuego. Nunca había estado expuesto a una excitación tan salvaje ni había sentido un deseo tan visceral. Si ella se frotaba contra su cuerpo sentía una agonía celestial. Tenía que rechinar los dientes frente al gruñido torturado que escapa de su garganta.

–Damon, me haces daño.

–¿Cómo?

La voz de Sarah lo sacó del infierno de sus recuerdos. Miró a los ojos verdes de ella con mirada vidriosa, incapaz de focalizar con claridad. Ella tenía la cara levantada hacia él y lo miraba con sus enormes ojos verde esmeralda, fuertemente contrastados contra su piel blanca.

–*Sighnomi*... –empezó, pero se calló y sujetó con violencia a Sarah, intimidatorio–. Quizá quiera hacerte daño. Quiero que sepas cómo me siento. Quiero que comprendas lo que ha sido...

–Lo sé... lo sé...

¡Kristos! ¿Había provocado él esas lágrimas en sus ojos? ¿Había sido el responsable de que el agua salada de sus párpados mojara ahora la piel pálida de sus pómulos? Las lágrimas no corrían sobre su piel. Sencillamente, reposaban como una sábana húmeda que se deslizara en la luz del atardecer como un elocuente reproche.

–¡Sarah!

Su nombre escapó de los labios de Damon como un suspiro al mismo tiempo que inclinaba, orgulloso, la cabeza hacia ella con el ariete de sus labios en primer término. Sarah saltó igual que un ciervo asustado.

Su aparente ternura era lo más asombroso. Era del todo inesperada en contraste con la brutal tensión de su cuerpo, pegado al suyo con furia.

Pero sus labios actuaban con una dulzura desconocida mientras bebían las lágrimas de su rostro, se posaban sobre sus párpados con delicadeza y secaban las gotas saladas que impregnaban sus pestañas. Y Sarah sintió que con ese gesto también desaparecían el odio y la aflicción. Y sus ganas de luchar se perdían igual que el aire escapaba de un globo pinchado.

–¡Oh, Damon...!

El aire atrapado en la garganta, emitió un grito ahogado que más parecía una rendición. Se entregó lentamente a él, consciente de que necesitaba su cariño, agradecida por su apoyo cuando le habían fallado las fuerzas.

Sobrepasada por todo lo que acababa de asimilar, hundió la cara en la camisa de Damon, incapaz de discernir si lo hacía para ocultarse o porque deseaba sentirlo todavía más cerca. Buscaba la seguridad de su refugio igual que una criatura expuesta a su propia vulnerabilidad. Sintió sus labios sobre el pelo revuelto, el aliento cálido sobre la curva de su oreja. El aroma de su cuerpo atormentaba sus sentidos y evocaba recuerdos perturbadores. El calor corporal que despedía rodeaba a Sarah como un manto protector.

Y los recuerdos trajeron consigo el despertar del deseo, el fuego incombustible de la avidez de sus cuerpos.

–¡Damon...!

Incluso a sus oídos, el sonido de su nombre había cambiado por completo. Ya no era el tono sumiso, sino la distintiva llamada del deseo voraz. Y al pronunciar su nombre contuvo la respiración en un jadeo y volvió la cara hacia él.

–¡Damon, por favor, bésame! Bésame de verdad.

–Besarte... –dijo con voz áspera, en los límites del precipicio–. ¡Oh, señorita...!

Sarah no supo quién inició el movimiento en primer lugar. Solo supo que en una décima de segundo sus bocas se habían juntado con tanta fuerza que no le hubiera extrañado que hubieran saltado chispas debido a la violencia de ese beso.

Toda la soledad, el ansia vehemente y la desgracia de los últimos seis meses estaban escritos en ese beso. El recuerdo de los días interminables y de las crueles noches en vela emergió de su interior igual que una erupción de lava en un volcán dormido irrumpiría con una violencia incontenible y se deslizaría por las faldas de la montaña.

Se abalanzaron en la boca del otro, arrebatados, entre mordiscos, separándose para tomar aire, casi sin aliento, y volcarse de nuevo en un frenesí voluptuoso. Era como una lucha por la supervivencia antes que cualquier clase de caricia. Era un baile primitivo, ritual, alejado de toda noción de cortejo civilizado. Tan solo era la exhibición del deseo salvaje, el terror consciente que nacía de la consciencia de lo que habían perdido y que crecía ante la idea de perderlo de nuevo.

–Te deseo –masculló Damon entre dientes contra sus labios–. Te deseo, te deseo...

Perdió el control sobre su segunda lengua y alternó palabras en griego, su lengua materna, con expresiones inglesas que nacían desbocadas e inconexas en una letanía anegada por la fuerza de la pasión.

Y Sarah no podía hacer otra cosa que no fuera asentir, una y otra vez, mientras que de sus labios solo nacía una palabra: «Sí», que repetía con la matemática sucesión del trueno que anuncia la tormenta, un contrapunto perfecto a la declaración de Damon.

–Sí, Damon, sí, sí, sí...

Sarah sabía que eso era lo única que jamás obtendría de Damon. Si tan solo podía disfrutar ese día de esa pasión animal, elemental y primitiva que había aflorado entre ellos, entonces aceptaría ese don y lo disfrutaría mientras durase.

Pero era algo mucho mayor que el simple goce físico. No había un término apropiado que describiese esa ansia voraz, esa pasión dolorosa y desesperada.

Ese sentimiento le resultaba tan esencial como el aire que entraba en sus ardientes pulmones entre cada bcso. Sin él no podría vivir, tan solo existir. Y, sin embargo, al mismo tiempo, sentía cada caricia como un tormento para su alma desgajada y aumentaba la soledad de su corazón al tiempo que aliviaba la fiebre de su cuerpo.

–Yo también te deseo, Damon. Te necesito con urgencia, con urgencia...

Sus manos hablaban por ella cuando no podía enhebrar las palabras con coherencia. Agarró el tejido suave de su polo blanco y lo liberó de la sujeción a que lo sometía la cintura del pantalón. Apartó la prenda hacia un lado con brusquedad para que sus manos avariciosas tuvieran acceso a la piel bronceada, los dedos ansiosos enredados entre su ropa, ansiosos.

–¡Sarah, cariño! Angel...

Había un ligero temblor en su vano intento de protesta, cercano a la risa. Trató de sujetar las manos de Sarah con las suyas propias para frenarlas en su frenético movimiento, pero ese gesto resultó tan inestable como el hilo de su voz.

–No hay razón para precipitarse. Disponemos de todo el día, toda la noche...

Pero, mientras hablaba, sus propias acciones contradecían ese callado reclamo para aplacar la urgencia de sus cuerpos.

Damon imitó los movimientos de Sarah y le apartó la blusa con violencia. El desgarro de la tela recordó a Damon que Sarah no vestía una camiseta elástica y un segundo más tarde se escucharon unos golpes sordos al tiempo que los botones volaban por la habitación y aterrizaban sobre el tocador, el alféizar de la ventana, el suelo.

–Perdóname...

Su disculpa no parecía demasiado sincera. Más bien se diría que seguía más preocupado por los botones que todavía estaban abrochados.

–Te compraré... *Theos*...

Las palabras murieron en sus labios y se quedó repentinamente paralizado. El silencio de Damon inquietó a Sarah, que levantó la vista hacia él. Observó la expresión absorta en su rostro, los ojos fijos en lo que su impaciencia había expuesto ante su mirada.

Sarah tenía la blusa ladeada, hecha jirones, y la tela colgaba sobre su pecho. Bajo el tejido verde pálido de la blusa, la piel cremosa de sus pechos surgía como la proa de un barco, rematada por el satén rosa del sujetador de encaje. Una visión que se ofrecía abiertamente como un festín para la vista.

–Había olvidado cómo eras. O, más bien, temía que mi memoria me hubiera jugado una mala pasada. Me decía una y otra vez que no era posible que fueras tan bonita...

Sus ojos negros, alumbrados por la llama del deseo, se reflejaron en los ojos verdes de Sarah. Ella sintió cómo le saltaba el corazón en el pecho al advertir el deseo indisimulado en la mirada de Damon.

–Pero estaba equivocado...

–Tú tampoco estás mal –contestó Sarah.

La lengua de Sarah se embarulló en las únicas palabras que su mente pudo formar.

–Y eres condenadamente atractivo, pero...

–¿Pero? –Damon repitió la palabra con el ceño fruncido ante la impertinente y provocativa duda que sembraba ese término.

–Pero llevas demasiada ropa puesta.

–¿Solo se trata de eso?

La rápida y luminosa sonrisa de Damon desarmó por completo a Sarah. Se quedó sin aire, pero había algo perturbador en esa expresión de triunfo que sembró la duda en su corazón.

–Bueno, eso se puede arreglar enseguida.

Un solo movimiento le bastó para desprenderse del polo blanco. El torso bronceado, muy musculoso, aparecía ligeramente ensombrecido por una fina capa de vello.

Sarah contuvo la respiración y tragó saliva. Perdió el

hilo de sus pensamientos. Levantó la mano, pero la dejó caer a un costado. Había perdido el valor.

De pie frente a ella, medio desnudo, era una absoluta tentación. Deseaba acariciarlo, sentir la calidez de su piel bajo sus dedos, recorrer la línea firme de sus hombros, enmarcar la potencia de sus músculos y abarcar la amplitud de su pecho. Pero no se atrevía. Se sentía como un niño empujado hacia el embrujo del fuego dorado, pese al aviso de que si metía los dedos sufriría un terrible dolor.

–Adelante –murmuró Damon, consciente del deseo que anidaba en la mirada de Sarah–. ¡Vamos, tócame! No te voy a morder.

Sarah cerró los ojos frente a la tentación. Pero, en ese mismo instante, supo que se rendiría. No podría resistirse a sus impulsos. Quizá Damon no fuera a morderla, pero su propia necesidad la pellizcaba con una fuerza insoportable. Había anhelado la visión, el tacto y sabor de Damon durante seis largos meses. Y ahora tenía frente a ella un manjar que solo un loco rechazaría.

¿O se trataba de la fruta prohibida, igual que en el Jardín del Edén?

En todo caso, no podía resistirse.

Los ojos cerrados, alargó lentamente la mano. En el instante en que las yemas de sus dedos alcanzaron la piel sedosa experimentó el mismo efecto que si hubiera recibido una descarga eléctrica. A punto estuvo de apartar los dedos, pero abrió los ojos y clavó la mirada en el hombre que tenía frente a ella.

–Vamos, sigue –insistió Damon en un tono altamente seductor–. Sabes que es lo que ambos deseamos.

Sarah tenía la garganta completamente seca y los labios cuarteados. Se pasó la lengua para humedecer la piel reseca y observó en el brillo de sus ojos negros que Damon no había perdido detalle de esa acción traicionera. Pero la mirada de Damon no titubeó. Sarah estaba hipnotizada de tal modo que sentía que carecía de voluntad propia y solo era capaz de obedecer sus órdenes.

–Tócame...

–Sí.

La voluntad de Damon era la suya propia. Sus deseos eran un reflejo de su propia necesidad.

–¡Oh, sí...!

Expiró un largo suspiro y sus dedos trazaron la curva de su cuello hasta la plataforma de sus hombros. Observó la reacción de Damon y apreció el leve respingo que fue incapaz de controlar, seguido de una tenue sonrisa de satisfacción.

–Te tocaré. Pero solo si prometes que tú harás lo mismo conmigo.

Damon emitió un sonido hosco, primitivo mientras las manos de Sarah bajaban hacia la cintura.

–Puedes tener esa certeza, señorita –musitó con voz ronca–. Dependo de ello.

Otorgó rienda suelta a los movimientos de Sarah para que recorriese su cuerpo mientras permanecía quieto e impávido frente a ella. Tragó saliva con fuerza cuando la caricia de Sarah dibujó el aura de uno de sus oscuros pezones, seguido del otro. Estos se endurecieron al instante y Damon apretó la mandíbula para sofocar un jadeo. Un segundo después había recuperado el control, si bien el pulso frenético en la base de su garganta y la respiración entrecortada denunciaban el tremendo esfuerzo que estaba ejerciendo para mantenerse en calma.

–Eres tan fuerte... –susurró Sarah y enfatizó deliberadamente esa última palabra–. ¿Has estado trabajando los músculos últimamente?

–Un poco.

Su voz salió tan ronca que parecía que no hubiera utilizado sus cuerdas vocales durante varias semanas.

Tenía que hacer algo para distraer su mente del hecho de que Sarah lo había abandonado sin ningún reparo, sin previo aviso. Había regresado de un viaje de negocios y se había encontrado una cama vacía durante tanto tiempo que las sábanas estaban congeladas y una nota de despedida tan fría como el ártico. La rutina del ejercicio físico en el gimnasio lo había ayudado a quemar la energía de su cuerpo. Había terminado siempre empapado en sudor, exhausto. Había sido un buen sustitutivo durante las horas del día, pero había tenido poco efecto frente a la tortura de las noches en vela.

Las imágenes de su delicioso cuerpo siempre surgían en plena oscuridad, enardeciendo su cuerpo con la pulsión erótica que provocaba sobre él. En el silencio de la noche casi podía sentirla junto a él mientras respiraba acompasadamente. Podía recordar con una precisión agónica la temperatura de su piel, la fragancia de su cuerpo, los ronroneos que surgían de su garganta cuando cambiaba de postura y se estiraba con una sensualidad que se aferraba a su lomo y lo atormentaba. Fuera cual fuera su postura en la cama, no había encontrado la paz necesaria y el sueño se había convertido en una quimera.

–Yo... necesitaba un poco de ejercicio.

–Me gusta...

Era mucho más que eso. Era una sensación maravillosa. Hasta el aroma que desprendía su piel tenía un efecto embriagador sobre sus sentidos que ninguna pócima alcohólica podría lograr jamás. Parecía más delgado, más fuerte y más poderoso que antes. Era una sensación asombrosa que una criatura tan excepcionalmente masculina permaneciera dócil y sumisa bajo la dirección de sus caricias. Una sumisión relativa.

No podía engañarse y asumir que estaba bajo su control. Solo le permitía que hiciera con él lo que deseara porque eso respondía a sus propios intereses. Esa era la única razón. Pero si cambiaba de opinión, si lo dominaba la impaciencia y decidía que ya había tenido suficiente, entonces se libraría de ella con la arrogancia con que apartaría un mosquito impertinente.

Y parecía que su paciencia estaba flaqueando.

Sarah, atenta a cada reacción del cuerpo de Damon, escuchó el aire aspirado entre dientes cuando bajó un poco más las manos. Apreció el leve estremecimiento de su piel, el agarrotamiento de los dedos largos e, instintivamente, se tensó presa de la cautela y clavó sus ojos verdes en el abismo oscuro de la mirada de Damon.

–¿Estás perdiendo el valor, querida? –preguntó.

–Nunca... –replicó, pero no pudo evitar un cierto titubeo en su respuesta.

La mirada firme de Damon retó a Sarah que, sin apartar los ojos de él, recuperó el movimiento de sus dedos, dibujando extrañas curvas sobre la piel tamizada de su pecho, deslizándose...

–¡Suficiente!

Una mano sujetó con fuerza a Sarah y congeló sus caricias al instante.

–Ya está bien –repitió Damon–. Ahora es mi turno.

El tono posesivo de su voz derritió los huesos de Sarah hasta el tuétano, reculó con paso inestable y se hundió en la cama antes de tropezar. La visión que obtuvo desde esa posición no la ayudó a recuperar la compostura. Frente a ella tenía el abdomen musculoso de Damon, el cinturón de cuero alrededor de la cintura, los vaqueros ceñidos donde sobresalía el bulto de su evidente erección, presionado contra la tela del pantalón.

–O quizá... –prosiguió Damon–, ha llegado tu turno.

–¿Mi...?

Sarah se esforzó por apartar la vista de la tira de tela vaquera que tenía frente a ella y levantó los ojos hacia él. Y al instante deseó no haberlo hecho.

De pie frente a ella, la mirada oscura y penetrante, la anchura de sus hombros bloqueaba la luz de la tarde que entraba por la ventana. Parecía más fuerte, más poderoso y más masculino que nunca. Y cuando las manos le sujetaron por los hombros no pudo hacer nada salvo estremecerse.

Pero solo tiró con delicadeza de la tela verde de la blusa y apartó el cuello con un dedo desdeñoso.

–Ahora eres tú quien lleva demasiada ropa. Eso tiene que cambiar.

Pese a la ternura de sus gestos, había sido claramente una orden. Y esperaba que ella obedeciera. Y Sarah no estaba en condiciones de oponerse. Así que levantó las manos como en un sueño, los ojos fijos en él, y desabrochó el único botón que, a la altura del cuello, unía la frágil simetría de la blusa. Entonces, lentamente, dejó que el material resbalara a lo largo de sus brazos con delicadeza hasta la cama.

Damon permanecía quieto, igual que una estatua de mármol, y no apartaba la vista de ella. Sarah podía sentir el ardor de su mirada sobre la piel desnuda. El deseo brillaba en la retina como un fuego fatuo.

–Bien... –dijo al fin tras un largo suspiro– para empezar. ¿Qué hay del resto?

El movimiento de Sarah para alcanzar el cierre del sujetador la obligó a arquear la espalda, avanzando el pecho hacia delante. Eso iluminó con una llamarada la negrura de su mirada. Pero cuando ella deslizó los tirantes sobre los hombros, Damon se movió hacia ella y la detuvo.

–¡No! Déjame...

Se acuclilló frente a ella, introdujo ambos pulgares bajo los tirantes y deslizó los dedos a los largo de sus brazos en una caricia tan flagrante que Sarah se estremeció ante la promesa de un placer inmediato. Damon se tomó su tiempo, atento a cada gesto de Sarah, de modo que no pasara desapercibido el modo en que había abierto los ojos, ensombrecidos por la llamada del deseo.

Pero, en el instante en que la prenda cayó al suelo y sus pechos entraron en contacto con el fuego de sus manos, todo cambió. En un instante, el ambiente de la habitación se cargó de electricidad y una sensualidad primitiva.

–*Theos*... eres tan adorable –musitó Damon.

Cerró las manos sobre la piel suave en una caricia y Sarah gimió en voz alta en justa respuesta a tanto placer.

Había soñado con ese momento y lo había deseado fervientemente. Y, tras un periodo de abstinencia tan prolongado, el gozo inundó sus sentidos. Subió hasta su cabeza como el champán y notó cómo le daba vueltas la cabeza. El calor que nacía del pozo de su vientre se extendía en espirales a lo largo de su cuerpo y Sarah cerró los ojos para mayor disfrute de tan gloriosas sensaciones. Se apoyó en las manos para experimentar con mayor plenitud los matices del placer mientras escuchaba el discurso entrecortado de Damon hasta que las palabras en griego chocaron con el muro de su piel.

Y entonces se hizo el silencio mientras la suavidad y el calor de sus labios se cerraba sobre un pezón. La lengua dibujó círculos concéntricos hasta que la carne oscura evidenció una tersura enardecida. Y solo entonces lo tomó ansioso en su boca y succionó con fuerza.

–Damon...

Su nombre en boca de Sarah era un grito desmayado de rendición que arrastraba una carga de deseo insoslayable. Y cuando Damon desvió la cabeza hacia el otro pecho para rendir pleitesía al anhelante pezón, Sarah sintió una riada de placer tan salvaje que pensó que perdería el conocimiento ante un goce semejante.

–Damon...

Pronunció su nombre con febril necesidad. Y esa necesidad impulsó a Sarah hacia la acción. Deseaba corresponder a tanto placer y que Damon experimentara el mismo estado de abandono en el que se encontraba.

–Deja que te bese...

Clavó las manos en la seda de ébano de su cabello y tiró de su cabeza hacia ella.

–Bésame –murmuró Sarah mientras cada nervio de su cuerpo clamaba ante la abrupta interrupción del placer inmenso que habían conocido un instante antes.

La presión de la boca de Damon contra ella separó sus labios y sus lenguas se enroscaron, alimentadas por un solo aliento compartido. Y si Damon no hubiera sostenido con firmeza su cabeza, las manos en su nuca, Sarah se habría dejado caer sobre el colchón bajo el peso de su potente cuerpo.

Damon se entregó a la voluntad de Sarah con cierto alivio. Su atormentado cuerpo necesitaba un respiro para reunir fuerzas y recuperar un cierto control. De lo contrario terminarían antes incluso de que hubieran empezado. Tal y como estaban las cosas, era mucha la tentación para tumbarla sobre la cama, levantarle la falda, arrancar la barrera de encaje que delimitaba la frontera hasta el refugio secreto de su feminidad y enterrarse en su complaciente cuerpo.

Y eso sería lo único de lo que sería capaz. Sabía que en el instante en que su piel tocara el cuerpo de Sarah y el preservativo enfundara su miembro, estaría completamente perdido. Alcanzaría el orgasmo de un modo salvaje e incontenible y perdería toda posibilidad para someter la voluntad física de su cuerpo.

Así que se abalanzó sobre su boca en vez de su cuerpo, desgranando pequeñas treguas para tomar aire y sopesar la situación, de modo que pudiera convertir esa experiencia en algo digno de lo que ambos merecían.

Pero Sarah no se lo estaba poniendo nada fácil. Al tiempo que separaba los labios en una inequívoca invitación hacia el pozo del deseo, sus manos recorrían las partes más sensibles de su cuerpo y provocaban explosiones allí donde se posaban. Estaba arrodillado a horcajadas, las rodillas a ambos lados sobre la cama, el colchón hundido bajo el peso conjunto. Sus posibilidades de guardar el control se reducían de lo remoto a lo imposible entre cada respiración y cuando ella se tumbó sobre las sábanas revueltas, todavía agarrada a él, no tuvo más remedio que seguirla.

Rodaron juntos sobre la cama, entrelazados. Damon terminó debajo y sintió la mano de Sarah en su cintura tirando de la hebilla del cinturón.

–¡Sarah!

El nombre surgió entre la queja y la risa. Había también un leve matiz de ansiedad ante el rumbo tan ardiente que habían tomado las cosas en tan poco tiempo.

Tenía que intentar pensar con claridad. Eso no era lo que había planeado, ¿o sí?

¿Qué había planeado exactamente? No lo sabía, no podía recordarlo. Y, francamente, le daba igual.

Desistió ante la idea de cualquier clase de razonamiento con una medio sonrisa, entre la rendición y el sentido común, y abrió los brazos en cruz sobre la cama para facilitar el acceso de Sarah a todas las partes de su cuerpo.

Pero se le congeló el gesto cuando su mano izquierda chocó con algo duro, frío y metálico.

–¿Qué demonios...?

Estaba medio escondido bajo la almohada y solo se veía un pedazo de una cadena sobre la sábana. Levantó la cabeza mientras tiraba del curioso objeto.

Era una cadena.

Una gruesa cadena dorada con una medalla de San Cristóbal.

Una cadena muy masculina.

La clase de medalla que podía imaginar sin problemas en el cuello de esa rata de Jason. Y al girar la cabeza aspiró el fuerte aroma de un bálsamo para el afeitado que permanecía aferrado a las sábanas. Reconoció ese olor al instante. Había impregnado el aire del vestíbulo cuando Jason había hecho acto de aparición y, más tarde, se había alejado acompañado de esa golfa.

Damon notó cómo se le congelaba la sangre en las venas. Todo rastro de deseo desapareció y fue sustituido por una mezcla de furia, amargura y frustración. Sintió una arcada en la boca del estómago y contrajo los músculos del vientre.

–¿Damon?

Sarah había notado el cambio, desde luego. Sus manos permanecían paralizadas sobre la cintura, el cinturón suelto, y Sarah se incorporó un poco con una mirada interrogativa en sus ojos verdes.

–¿Qué ocurre?

Damon no dijo nada, no podía articular palabra. Tan solo pudo levantar la mano izquierda, la cadena balanceándose entre sus dedos.

Sarah perdió el color de su rostro y empalideció al instante. Un momento después se apartó con brusquedad, saltó fuera de la cama y avanzó a tientas en su intento por escapar de la habitación.

Damon no estaba lejos de ella.

Sentía náuseas. Estaba asqueado y se sentía sucio. Encogió su figura y saltó de la cama por el lado opuesto. Una ira oscura marcaba su expresión mientras miraba fijamente a Sarah desde el otro extremo del dormitorio.

–¿De quién es esto?

Conocía la respuesta, por supuesto, no necesitaba que ella confirmara sus sospechas. Pero tenía que preguntárselo, romper ese insoportable silencio.

Sarah no se atrevía a mirarlo a la cara. Si lo hacía, Damon se sentiría mucho peor.

–Ya sabes...

–¡Respóndeme!

Sarah no encontraba la fuerza para emitir un solo sonido. Apenas consciente de su estado de desnudez, el pelo revuelto y desordenado, la falda arrugada, agarró la bata color lila que descansaba sobre el respaldo de una silla y se aferró a la prenda en busca de un poco de valor y protección.

–¿De quién...? –repitió Damon con la amenaza latiendo en cada sílaba.

–¡Es de Jason!

Ya lo sabía, ¡maldita sea! No había ninguna necesidad de preguntarlo.

Pero lo que no sabía y no se atrevió a preguntar era que la única razón para explicar la presencia de ese medallón en la cama era que su propietario se había acostado esa misma tarde con Andrea. Pero nunca con ella. Sin embargo, esa era la acusación que Sarah podía leer en la expresión salvaje de Damon.

Y sus palabras probaron ese punto.

–Jason –repitió, y escupió el nombre como un veneno–. Tu amante...

–¡No!

–No, quizá ya no lo sea desde que lo ha echado todo a perder por jugar en casa con otra camiseta...

La fina ironía en el tono de su voz, el brillo demoniaco en sus ojos desarmó por completo a Sarah. ¿Cómo podía bromear sobre ese asunto?

Pero entonces Damon fijó la mirada en la cama deshecha y cualquier rastro de humor desapareció en un simple guiño.

–¿Cómo has podido?

Era una pregunta directa y brutal que contenía un peligro latente.

–¿Cómo diablos has podido?

–¿Cómo he podido qué, Damon?

Sarah sentía sus labios tan secos y apretados como si fueran de madera.

–¿Cómo he podido qué?

Si realmente creía lo que ella sospechaba, tendría que soltarlo. Si pensaba que era capaz de ese ignominioso crimen que reflejaban sus rasgos, tendría que decírselo a la cara. No le daría la oportunidad de que más tarde pudiera librarse de las consecuencias aduciendo que nunca había dicho nada semejante.

–¡Vamos, habla!

–Estabas dispuesta a hacer el amor conmigo en la misma cama que compartes habitualmente con tu novio –espetó Damon con franqueza–. Las sábanas todavía conservan el calor...

–¡Del cuerpo de Jason y su amante!

Sarah sintió una punzada en el estómago ante esa imagen.

–¿Y qué se te había ocurrido? ¿Querías vengarte conmigo en el mismo escenario de su traición? ¿Cómo llamas a eso? ¿Ojo por ojo?

–¡No, no se trataba de nada de eso!

Estaba tan conmocionada que no podía controlar su lengua.

–¡Y no califiques lo que estaba ocurriendo entre nosotros como un acto de amor! Ambos sabemos perfectamente que no tiene nada que ver con eso.

–Sí, claro que lo sabemos.

Tras el efecto incisivo de su furia, esa calma deliberada resultaba todavía más insultante para Sarah.

–No había nada de amor entre nosotros. Solo ibas en busca de un rápido... –una mirada furtiva al rostro de Sarah cortó de raíz la descripción de los hechos–. Era solo lujuria, nada más.

Ella lo había sabido desde el principio. En ningún momento se había hecho ilusiones. Pero, aun así, resultaba doloroso escuchar en boca de Damon su nulo interés afectivo hacia ella.

–Pero eso era algo que ambos sabíamos.

Tuvo el coraje de sonreírle y clavó su mirada en sus neblinosos ojos verdes.

–Por supuesto –contestó Sarah y él asintió con satisfacción.

–Al menos estamos de acuerdo en algo.

Encorvado, se inclinó para recoger del suelo el polo y se le puso. La brusquedad con que se metió la camiseta por debajo de la cintura y la firmeza con que apretó el cinturón sobre los vaqueros señalaron el final a la pasión que había aflorado entre ellos, tan breve como salvaje.

Sarah se dijo que no tenía ningún motivo para preocuparse. Nunca se había sentido tan desapasionada en toda su vida. Estremecida y con escalofríos tras el asalto frente al que habían sucumbido sus sentidos, el inesperado corte a esa creciente excitación había debilitado su ánimo. Notaba cómo le flojeaban las rodillas y apenas podía sostenerse en pie. Pero tenía que mantenerse firme, en su sitio. Al menos hasta que Damon se marchara.

Preferiría la muerte antes que reconocer a los ojos de Damon el espantoso estado en que se encontraba. Así que trató de imitarlo y se puso la bata que sostenía contra ella. Apretó el cinturón con tanta saña alrededor de la cintura que le pellizcó la piel.

–Hubiera sido un error. Deberíamos estar contentos de que no haya pasado.

–Desde luego.

La mirada de Damon amenazaba con marchitar la frescura de Sarah. La amargura y el dolor que irradiaban de su hipócrita actitud se clavaban como estacas en su maltrecho corazón. La angustia empujó a Sarah hacia una insensata ofensiva.

–¿Desde cuándo eres tan quisquilloso?

–¿Qué? –y frunció el ceño con aparente perplejidad.

–Nunca te hubiera catalogado como un tipo escrupuloso –añadió Sarah con cinismo.

El recuerdo de Eugenia, belleza exótica y morena, tan distinta de los rasgos celtas de su fisonomía, añadió una nota de pesadumbre a sus palabras.

–No soy un simple oportunista.

–¡Por supuesto que no! Estabas cegado por tu pasión hacia mí.

–Tan salvaje y estúpida que había olvidado cómo eres –masculló Damon entre dientes.

–¿Cómo soy?

Sarah petrificó el gesto ante la entonación de Damon, la mirada fija en la expresión imperturbable de Damon, incapaz de discernir qué se ocultaba tras esa máscara de hielo.

–¿Qué soy exactamente, Damon?

La mirada de él indicaba claramente que ella ya sabía la respuesta y, cuando Damon tomó la palabra, Sarah se sobresaltó ante la irrupción de su voz.

–Eres la clase de mujer que se llevaría un hombre nuevo a la cama cuando la presencia de su último amante todavía resultara reconocible –acusó Damon.

–Un nuevo...

Sarah tragó saliva, pero las palabras parecían anudadas en su garganta.

–¡Un nuevo hombre! –gritó al fin–. Pero tú no eres un nuevo amante, ¿verdad, Damon? Eres un fantasma del pasado. Ya no significas nada para mí, ni ahora ni nunca.

Y deseó que eso se hiciera realidad en ese preciso instante. Ojalá pudiera recuperar esos maravillosos días en que vivía en paz, segura que había superado esa etapa de su vida. El tiempo en que creía que había dejado atrás su breve matrimonio y podría encarar el futuro con ilusión.

Pero la verdad era que no podía. La explosiva mezcla de amor y odio hervía en su interior. Era un volcán emocional sobre el que no tenía ningún control.

–Yo no diría tanto, *agape mou* –replicó Damon con desprecio–. A los ojos de la ley todavía estás atada a mí. Sigo siendo tu marido.

–¡Ojalá no lo fueras! Ojalá nunca me hubiera fijado en ti ni hubiera consentido en este estúpido matrimonio.

–Pese a todo, todavía eres mi esposa...

–¡No, no lo soy!

Esa palabra resultaba demasiado emocional para ella, presa de la desesperación. Se volvió hacia la cama, agarró lo primero que tuvo a mano y, con una de las almohadas como arma arrojadiza, la lanzó contra Damon con todas sus fuerzas.

–¡No lo soy! ¡No lo soy! ¡No lo soy!

Desprevenido, Damon no reaccionó a tiempo y la almohada lo golpeó con fuerza en la cara. Perdió momentáneamente el equilibrio. Pero recuperó la estabilidad con inusitada rapidez y a tiempo para repeler los siguientes misiles que Sarah le envió, depositando las almohadas en el suelo.

–¡Ya no soy tu esposa! Preferiría ser cualquier cosa antes que eso. Y me importaba un comino la ley. Solo quiero que te vayas, que salgas de aquí y me dejes en paz.

–De acuerdo –asintió Damon para sorpresa de Sarah, que parpadeó con asombro ante su rápida conformidad–. Eso haré. Pero antes tengo que sacar las cosas del coche y meterlas en casa.

–¿Tus cosas...?

Sarah no se había referido a eso y no quería que fuera a por sus cosas.

–¡No vas a quedarte aquí!

–Claro que sí, encanto –contestó con calma–. ¿Dónde pensabas que me alojara?

–¡Cualquier sitio! Un hotel...

–No digas tonterías, Sarah –la reprendió con ternura–. ¿Por qué habría de pagarme una habitación de hotel cuando dispongo de toda la casa para mí?

–¡Porque yo vivo aquí!

–Pero esta casa es mía –le recordó con énfasis–. Y, dadas las circunstancias, tengo perfecto derecho a quedarme siempre que quiera. Y hay otras cinco habitaciones desocupadas. No te estoy pidiendo que durmamos juntos.

–¡Por encima de mi cadáver! ¡Tengo mi orgullo!

La desafiante réplica de Sarah borró la gentileza de su expresión. Apareció, nuevamente, la fría máscara de ira que hacía que todo su cuerpo temblase.

–¡Yo también! –vociferó Damon–. ¡Y esa es la razón por la cual lo primero que voy a hacer cuando me instale en mi habitación será darme una larga ducha caliente!

Un estremecimiento recorrió su cuerpo y una mueca desdibujó los rasgos de su cara.

–No sé cómo te sentirás, pero yo me noto decididamente sucio.

Después, en el caso en que no hubiera aclarado suficientemente su punto de vista, desvió la mirada hacia la cama antes de que esos ojos de ébano volvieran a posarse sobre el rostro de Sarah.

–Creo que me llevará bastante tiempo volverme a sentir limpio.

Mientras Sarah, conmocionada y presa de la incredulidad, boqueaba como un pez fuera del agua sin pronunciar una sola palabra, Damon dio media vuelta y salió de la habitación con grandes zancadas tras un fuerte portazo.

–¡Ohh!

Sarah arrojó el último almohadón hacia la puerta para aliviar el dolor y la frustración que invadía su persona. Mantuvo el control mientras la almohada volaba por el aire y chocaba con la madera lacada de la puerta. Después cayó al suelo con un golpe sordo, amortiguado, y ella perdió la fuerza. Se tiró sobre la cama y aporreó el colchón con los puños cerrados como si se tratara del rostro insensible de Damon y su pecho estuviera recibiendo esa lluvia de golpes.

–¡Lo odio! –dijo, y acompañó cada palabra con un golpe de su puño–. ¡Lo odio, lo odio, lo odio!

Pero mientras descargaba ese odio que deseaba tanto sentir, sabía que no era más que meras palabras. Pero su corazón conocía la cruda realidad.

Y en esa verdad radicaba la semilla de su frustración.

Porque, pese a sus insultos y la hipocresía que había demostrado al acusarla de promiscuidad mientras la seducía, no podía negar la evidencia de sus sentimientos. Quizá lo detestara, pero también lo amaba desesperadamente. Era tan vital para ella como el aire que respiraba y los latidos de su corazón. Necesitaba a Damon para seguir con vida y siempre sería así.

Y mientras admitía esa incuestionable verdad menguó el odio purificador y experimentó, en su lugar, un creciente terror sobre lo que le depararía el futuro.

¿Cómo sobreviviría las próximas horas, incluso días, con Damon viviendo en su misma casa?

Capítulo 4

A LA MAÑANA siguiente, Sarah tuvo que hacer un esfuerzo titánico para levantarse.

No se debía a que hubiera dormido profundamente. En realidad había pasado la noche en blanco, tumbada boca arriba, la mirada perdida en el techo mientras dilucidaba cómo iba a actuar. Pero el amanecer la había sorprendido y después se habían sucedido las horas sin que hubiera llegado a ninguna conclusión. Y no estaba preparada para afrontar el nuevo día.

Y menos con Damon en la misma casa, decidido a permanecer allí fuera cual fuera su postura al respecto.

La vana esperanza de que recapacitara, hiciera las maletas y se marchara se había desvanecido cuando, a través de la pared, había escuchado el sonido del agua de la ducha. Tan solo escuchó el murmullo del agua durante unos segundos antes de que los recuerdos la obligaran a enterrar la cabeza bajo la almohada en un intento desesperado por alejar las imágenes que atormentaban su alma.

Pero esas visiones eróticas no cejaban en su asalto a la fortaleza, cada vez más debilitada, de su mente. Y Sarah apretaba los dientes para reprimir los gritos de dolor que pugnaban por salir de su garganta.

Damon estaría bajo el chorro de la ducha. Su poderoso cuerpo, húmedo y brillante, de pie frente al grifo. El pelo empapado pegado a la piel remarcaría el molde de sus huesos, la línea de la mandíbula. Tendría los ojos cerrados y las piernas, fuertes y largas, levemente separadas. La piel bronceada resaltaría frente a las baldosas blancas del suelo y usaría las manos para enjabonarse el torso, lleno de espuma, de donde bajaría hacia la cintura y más abajo...

–¡No! –gimió en voz alta al tiempo que una llama de deseo físico le calentaba la sangre en un instante–. No, no debo pensar en...

Pero no podía dejar de pensar en ello, pese al dolor que le infligían esos recuerdos.

En los primeros días de su matrimonio, Damon no se había duchado solo casi ningún día. A la mañana siguiente de su noche de bodas, se había despertado antes que ella y se había deslizado descalzo y en silencio hacia el cuarto de baño, integrado en el dormitorio. Entonces como ahora, el sonido del agua había despertado a Sarah. Incapaz de resistirse, había sentido la urgencia de reunirse con el hombre del que se había enamorado perdidamente en tan poco tiempo. Y, como si un hilo invisible uniera sus cuerpos, había ido a su encuentro.

Ya se había metido en la ducha y el vapor había empañado la mampara. Apenas lo distinguía, así que había abierto un poco la puerta para echar un vistazo. La súbita irrupción de aire frío en la ducha había alertado a Damon, que se había girado. Visiblemente avergonzada, descubierta como una mirona, Sarah había intentado huir. Pero, al ver el rubor en sus mejillas, Damon había reído de buena gana.

–Buenos días, querida esposa –había dicho–. ¿Podrías soportar que nos separásemos tan solo unos minutos?

Ella tan solo había negado con la cabeza. Sentía la lengua de trapo, pero Damon había exhibido una amplia sonrisa imbuida de satisfacción.

–Eso me gusta –había dicho con la voz alterada por la evidente excitación que le había provocado la presencia de su mujer–. Me gusta mucho.

Y había alargado la mano para abrir la puerta e, inmediatamente, agarrar a Sarah del brazo e invitarla a compartir la ducha con él. En apenas unos segundos se había empapado el camisón que, pegado a su piel como una segunda piel, revelaba casi por completo las curvas de su cuerpo.

Al principio, Damon se había limitado a eliminar las arrugas del tejido humedecido. El calor que desprendían sus manos se sumaba a la temperatura del agua que caía en cascada sobre su piel. Sus pezones surgieron altivos en contacto con sus caricias y Damon se inclinó sobre su pecho para succionarlos a través del camisón. Sarah había sentido oleadas de un inmenso placer que rompían en el mismo centro de su ser. Pero muy pronto se cansó de eso y le quitó el camisón. Lo tiró sobre el suelo mojado y lo apartó con el pie. Después levantó a Sarah en el aire, apoyó su espalda contra el muro y llevó la mano hasta su entrepierna...

–¡No, no, no! –gimió Sarah de nuevo, lanzó la almohada contra la pared y apartó las sábanas, demasiado nerviosa para quedarse quieta.

Se había levantado y caminaba de un extremo al otro del dormitorio. Intentaba calmarse cuando escuchó otra clase de sonido. Era una puerta al cerrarse y provenía del lado opuesto del rellano. Después siguieron los pasos de Damon, cada vez más próximos, pero pasaron de largo. Había bajado al piso principal.

Estaba despierto y levantado. Y seguramente esperaría que ella también hiciera acto de presencia para el nuevo día. No podía esconderse en el dormitorio todo el día. Pero no sabía cómo iba a enfrentarse a Damon.

Tardó un buen rato en vestirse. La ducha resultó un martirio que desencadenó un desconsolado llanto, plagado de imágenes sensuales. Furiosa e incapaz de encontrar un culpable, abrió el grifo del agua fría mientras gemía bajo el chorro helado que aplacaba su cuerpo ardiente.

En apenas cinco segundos barrió de su mente todo pensamiento erótico. Entre temblores, aterida de frío, cerró el agua y tomó una toalla. Se restregó con tanta fuerza para secarse que se le enrojeció toda la piel.

Pero al menos había recuperado cierto control. Tenía

el cuerpo y la mente más fríos. Vestida con una camiseta malva de manga larga y unos pantalones vaqueros que habían vivido épocas mejores, se sintió lista y armada para afrontar el día. Se cepilló el pelo con rapidez y se hizo una cola de caballo. No necesitaba más aditamentos y, sin más, estuvo lista.

La cabeza alta, la espalda recta, el mentón altivo, bajó las escaleras dispuesta a encajar cualquier comentario cáustico o sarcástico que Damon le hubiera preparado en señal de recibimiento.

Así que la sorprendió que, al entrar en la cocina, Damon no estuviera del humor que ella había imaginado. Estaba sentado en una silla frente a la mesa de roble, las piernas estiradas, la cabeza hundida en la sección económica de uno de los periódicos del sábado. Llevaba puesto un batín azul marino. Iba descalzo y no llevaba pantalones. Y la sombra de la barba incipiente delimitaba su cara. Quizá se hubiera duchado, pero ni se había afeitado ni se había vestido.

–¡Buenos días!

Damon observó que ella parecía preparada para librar una terrible batalla mientras Sarah vacilaba en el quicio de la puerta. Su agresividad a flor de piel electrificaba el ambiente a su alrededor como un campo magnético.

Estaba claro que había pasado tan mala noche como él. Tenía bolsas azuladas bajo sus increíbles ojos y se había recogido su preciosa melena en una sencilla coleta. Conocía bien ese estilo. Era una declaración de que no estaba de humor para nuevas escenas. Obviamente, ella tampoco estaba vestida para matar.

–Buenos días –respondió Damon, la vista fija en el periódico, mientras ella cruzaba el umbral de la puerta.

¿Qué pensaría si supiera hasta qué punto la letra impresa frente a sus ojos no era más que una mancha borrosa que crecía cada vez que intentaba focalizar? Solo podía rezar para que no notara su lucha para no mirarla directamente. No debía pensar en su gloriosa figura, desdibujada bajo esa ropa vieja, ni en el aroma de su piel cuando la noche anterior lo había rodeado.

¿Y no se daba cuenta de que ese aire de colegial que le confería la cola de caballo era un desafío para cualquier hombre que tuviera sangre en las venas? Sentía un irrefrenable impulso de arrancarle la goma elástica que aprisionaba su melena y liberar esos fabulosos mechones dorados. Deseaba que su pelo sedoso se precipitara en cascada sobre sus hombros. Ansiaba juguetear con sus dedos, sentir la caricia de su pelo en la cara, sobre su pecho...

¡No!

Cerró los puños con rabia sobre las hojas de papel del diario y las cifras del informe que simulaba leer bailaron ante sus ojos.

¡Demonios, debía desterrar esa clase de pensamiento!

La noche anterior había dado rienda suelta a esas fantasías y había sido un desastre. Había terminado acostado con ella sin pensar en las posibles consecuencias.

¡No había actuado con cabeza!

Más bien se había dejado llevar por otra parte de su cuerpo muy distante de la inteligencia. La misma parte que ahora estaba reaccionando de un modo muy evidente. Damon se removió en su asiento, cruzó las piernas en un gesto aparentemente natural y colocó el periódico sobre su regazo.

¿Por qué no se habría tomado la molestia de vestirse en vez de bajar con un batín que apenas le tapaba y unos calzoncillos? Tenía que haber sabido que no estaba en condiciones de controlar sus impulsos sexuales con Sarah alrededor. Su cuerpo lo traicionaría siempre que ella estuviera cerca.

Pero había dormido tan mal que cuando se había dado por vencido y había entrado en la ducha solo había podido pensar en una buena taza de café caliente.

–Hay café recién hecho, si te apetece –dijo con una fingida naturalidad.

–Gracias...

¿Qué más podía decirle? Preparada para presentarle batalla, segura de que se produciría una cierta confrontación, no sabía cómo reaccionar frente al relajado aspecto y a la indiferencia que había mostrado ante ella. Tras la espantosa escena del dormitorio la noche anterior, Sarah no había tenido el coraje para salir de su habitación ni siquiera para comer algo. Había hecho la cama con sábanas limpias y se había quedado allí, absorta en la televisión hasta bien entrada la medianoche. Solo cuando había escuchado cómo Damon apagaba todas las luces y subía las escaleras, Sarah había intentado conciliar el sueño.

Por tanto, esa despreocupación era lo último que hubiera esperado. Había descendido las escaleras previendo un reto o una acusación directa.

–¿Te gustaría un poco más de café?

–Por favor.

Alargó la mano hacia ella con una vieja taza vacía, pero no levantó la vista del diario.

–Gracias –apuntó mientras retiraba la taza humeante.

–De nada –masculló Sarah mientras reprimía el impulso de tirarle a la cara su propia taza con el café hirviendo.

Una idea tan ridícula que se rio de sí misma en voz alta. La noche anterior había deseado que Damon no reapareciese nunca en su vida. Hubiera deseado que se encontrara en cualquier otra parte del mundo. Y había temido la perspectiva de la mañana siguiente. Tendría que encararlo y habría apostado que Damon la habría sometido a un tormento físico o un acoso verbal tan extremo que solo habría podido pensar en replegarse sobre sí misma como un animal para morir.

¿Por qué la molestaba tanto que finalmente solo la ignorase? ¿Acaso no lo prefería? ¿No debería sentirse infinitamente más cómoda así? ¿No le facilitaría mucho la vida?

–¿Qué te hace tanta gracia?

La pregunta de Damon pilló a Sarah desprevenida. Apretó tanto las manos que estuvo a punto de volcar la taza de café.

–¿Cómo?

Finalmente bajó el periódico y miró a Sarah directamente a los ojos. En ese instante, naturalmente, ella deseó que no hubiera hecho nada parecido.

–Te has reído –explicó con calma–. Me preguntaba qué te había hecho tanta gracia.

–Son solo cosas mías.

Sarah procuró adoptar un aire despreocupado y rezó para que hubiera surtido efecto. No estaba muy segura. La manera en que Damon entrecerró sus ojos negros le confirmó que quizá no había sonado demasiado cómoda.

–Pensaba en algo que vi anoche en la televisión... –inventó sobre la marcha, y suspiró aliviada al ver cómo él tragaba el anzuelo.

Al menos, Damon no dijo nada. Se encogió de hombros y levantó el periódico hasta la altura de los ojos como una especie de muro defensivo.

–Era un programa de humor –añadió sin necesidad–. Muy divertido.

–Obviamente.

El comentario de Damon le hizo ver lo estúpida que había sido y dirigió toda su atención hacia la cafetera. Por alguna razón, la simple tarea de servirse un café se había convertido en una prueba llena de dificultades y complicaciones. Dudaba entre verter primero la leche en la taza o el café. Y esa duda paralizó su cuerpo mientras decidía entre ambas opciones.

–Yo lo tomaré solo.

Damon, pese a que no había levantado la vista del diario, había presentido sus dudas.

–¡Mi café! Lo tomaré solo.

–¡Ya lo sé!

La tensión agudizó la voz de Sarah hasta el extremo que ella misma se estremeció al oírse.

–Lo recuerdo –añadió, más calmada–. No ha pasado tanto tiempo.

–No, es cierto.

La inflexión en la voz de Damon se clavó en el corazón de Sarah como un cuchillo y eliminó todo rastro de humor. En un movimiento brusco, depositó la taza de café en la mesa, junto al codo de Damon, sin advertir que un poco de líquido había rebasado la taza y se había derramado sobre la mesa.

Después, impelida más por la necesidad de hacer algo que porque sintiera apetito, abrió uno de los armarios y sacó la tostadora. Dejó el aparato sobre la encimera con un golpe seco.

–¿Tostadas? –preguntó con un tono que rayaba la grosería, pero Damon no se inmutó.

–Por favor.

Gracias a Dios, Damon estaba recuperando un cierto control sobre sus sentidos. Un minuto más y podría mirar a Sarah a los ojos sin hacer el ridículo.

Estaba decidido. No quería retomar ese sendero nunca más. La noche anterior había permitido que su libido tomara la delantera y se había sentido como un idiota, sucio y miserable. Acudió a su mente la imagen de ellos revolcándose en la cama. Esa misma cama que ella había compartido con Jason poco antes. ¡Eso no volvería a ocurrir!

Pero ¿qué iba a hacer al respecto?

Había aparecido en Londres para hablar con Sarah y convencerla para que le diera una segunda oportunidad a su matrimonio. Suponía que sería una tarea fácil, ya que ella seguiría dolida y distante después del modo en que se habían separado. Pero no había contado con la posibilidad de que hubiera encontrado otro hombre y compartiera su vida con él.

La noche anterior se había prometido que no se quedaría mucho tiempo. Había decidido que, en cuanto amaneciera, haría nuevamente las maletas y regresaría a Grecia. Y se sacudiría el polvo de Londres y de esa casa para siempre. Pero la falta de sueño y la necesidad de un café lo habían retrasado y...

¿Por qué no era capaz de encarar la verdad? Tenía que aceptar los hechos y el modo en que su cuerpo había respondido a la llegada de Sarah.

No sería capaz de marcharse sin mirar atrás tal y como había planeado. Sarah Nicolaides, cuyo nombre de soltera era Sarah Meyerson, lo tenía atrapado en sus redes con firmeza. ¿Qué pensaba hacer frente a eso?

Estaba claro que, después de la escena del día anterior, era probable que Jason no volviera por la casa. Pero se hubiera sentido mejor con la seguridad de que había desaparecido por completo del cuadro. Si tan solo encontrara la manera de que Sarah regresara a Grecia con él...

–¿Una tostada o dos? ¿Mantequilla o margarina?

Absorto en sus pensamientos, Damon no apreció el tono áspero en la voz de Sarah.

–Dos, por favor. Y mantequilla...

El tenue golpe de algo sobre el reverso del periódico, seguido de la caída al suelo, obligó a Damon a bajar su barrera defensiva. Miró directamente a Sarah por primera vez con el ceño fruncido y encontró dos brillantes ojos verdes clavados en él.

–¿De qué murió tu última esclava? –musitó con ira.

–¿Esclava?

Damon examinó el periódico para sopesar los daños del misil que había chocado contra el papel y después había caído al suelo. Había una masa pegajosa, mezcla de miga de pan y mantequilla. Probó el pegote con un dedo.

–¡Mermelada de lima! Hacía años que no la probaba.

Eso era algo que Sarah sabía perfectamente. De hecho había sido la mermelada la gota que había colmado el vaso y que le había hecho perder los estribos, arremetiendo con la tostada contra el diario para que abandonara su escudo protector.

–Estupendo. Tu tostada está en el suelo –replicó y

señaló la rebanada que yacía en el suelo del lado de la mantequilla.

Sarah solo quería provocarlo y volverlo tan susceptible como ella.

–¡Vaya, nos hemos levantado de mal humor esta mañana!

Damon no parecía dispuesto a recoger el guante que le había lanzado. De hecho, hubiera jurado que estaba de buen humor. Había un brillo especial en sus ojos y eso calentó todavía más a Sarah.

–¿Cuál es el problema? Cómo se dice... ¿Te has levantado con el pie derecho?

–Es el izquierdo –contestó hecha una furia–. Y estoy segura de que lo sabes perfectamente. Hablas inglés igual o mejor que yo, así que no te hagas el griego. Y no, no me he levantado con el pie izquierdo.

–Entonces, ¿qué ha pasado? Oh...

Súbitamente, cambió la expresión de su cara y la fina ironía de su mirada se desvaneció al instante.

–Ahora comprendo. Lo lamento, he sido un insensible.

–¿De veras?

Sarah echó la cabeza hacia atrás ante el cambio de actitud de Damon. ¿Estaba imaginándose cosas? ¿Estaba engañándose al presumir que había visto en la expresión de Damon gestos que deseaba encontrar a toda costa? ¿O era una auténtica muestra de simpatía hacia ella?

–Por supuesto. Echas de menos a Jason.

–¡Que echo de menos a... Jason!

Al principio no comprendió a quién se refería. Pero entonces recuperó la memoria.

–¡Eso no es cierto! ¡Me alegré de que se largara!

Comprendió demasiado tarde, al observar cómo se apagaba el brillo en su mirada, lo que Damon había interpretado. Creía realmente que Jason había sido su amante. Y que había compartido la cama con un hombre que le había importado. La total indiferencia ante su partida, su despedida informal solo podía catalogarla como «insensible» o, en el peor de los casos, como chica «fácil».

¿Acaso eso era lo peor?

¿Acaso lo peor no sería que Damon supiera la verdad? ¿Los verdaderos sentimientos que la habían impulsado a actuar del modo en que lo había hecho? ¿No sería mucho más difícil explicarle cómo en esos momentos que habían compartido en la cocina, de un modo inexplicable, había entrado en una rutina familiar a la que se había acostumbrado en su compañía?

Había sido como si los últimos seis meses nunca hubieran existido. Durante su breve experiencia matrimonial habían compartido muchos desayunos perezosos como ese. Esos primeros días, cegada por la fuerza del amor, Sarah había sido plenamente feliz al servirle café o prepararle las tostadas. Y esa mañana había recuperado ese papel, había untado la mantequilla y había buscado automáticamente la mermelada de lima que tanto le gustaba a Damon.

Pero no deseaba recordar el pasado. Y no quería que él creyera que los añoraba ni que se consideraba, por encima de otras consideraciones, su esposa.

–¡Vete con viento fresco! –le espetó mientras subraya sus palabras con el dedo.

–Cuidado...

Pero la advertencia de Damon llegó demasiado tarde. La gesticulación de Sarah también abarcó la taza de café. Cayó al suelo con estrépito y se hizo añicos. El líquido humeante cubrió el suelo.

–Deja que..

Antes de que Sarah pudiera quejarse, Damon se había levantado de la silla. Buscó un paño de cocina al mismo tiempo que Sarah tomaba un trapo. Se agacharon juntos, dispuestos a limpiarlo todo. Entonces se cruzaron sus miradas.

Sarah contuvo la respiración.

–Damon...

No podía evitarlo. Alargó la mano, impulsada por la necesidad de acariciarlo. Quería tender un puente sobre el precipicio que se abría ante ellos como un cisma.

–Por favor...

Por un instante pareció que Damon respondería a su iniciativa. Pero entonces parpadeó y Sarah apreció, presa del miedo, el cambio en la intensidad de su mirada. Esos terribles ojos negros se volvieron fríos como el hielo y oscuros como la brea.

–Yo me ocupo de esto –fue todo lo que dijo, pero el rechazo y la frialdad acompañaron su tono.

Damon se recriminó por su estúpido comportamiento. Se había obligado a mantener una cierta distancia frente a Sarah, ya que sería la única manera en que podría controlar sus reacciones. No le hacía ninguna falta acercarse a ella hasta el punto de que pudiera aspirar el leve aroma a primavera de su champú y fijarse en las manchas oscuras debajo de esos preciosos ojos. Ya se le había acelerado el pulso con ese simple acercamiento. ¡Tenía que relajarse!

¿Siempre ocurriría lo mismo? Sarah no conocía la respuesta. ¿Siempre se sentiría tan vulnerable ante la proximidad física de Damon y el calor que desprendía su cuerpo? La noche anterior, entre sus brazos, se había sentido en casa. Pero ya no formaba parte de su vida y, en realidad, nunca le había pertenecido. Damon nunca la había amado ni la había deseado realmente. Solo se había casado con ella movido por intereses económicos. Un simple medio para sus fines.

Ya no podía soportarlo. Tiró el trapo y se incorporó de un salto, incapaz de permanecer más tiempo a su lado. No sabía si sentía alivio o pena al ver cómo Damon no hacía nada para retenerla a su lado.

–Voy a preparar otra cafetera –dijo Sarah, y abrió la puerta de la nevera–. ¡Vaya, no hay leche!

Había terminado el cartón con la taza que había desparramado por el suelo, donde Damon se afanaba con eficacia.

–No es un problema –añadió, confiada en que su tono despreocupado no hubiera sonado tan falso a oídos de Damon como le había resultado a ella–. Tienen que entregar un pedido esta mañana.

De camino hacia la puerta pudo, al menos, respirar con libertad. Una oportunidad para sosegar su espíritu y atemperar su corazón.

No había nada extraño en el ambiente. Ninguna señal que le hubiera indicado que las cosas eran diferentes a cualquier otro día. Nada que llamara su atención frente a cualquier mañana de sábado, salvo la gente que paseaba a su perro o algún vecino en busca de la prensa diaria.

Así pues, Sarah confiaba en que se encontraría con una calle desierta. Y no estaba preparada para el caos tumultuoso que asaltó sus sentidos cuando abrió la puerta principal y cruzó el umbral.

Capítulo 5

LAS LUCES aturdieron a Sarah en primer lugar. Los flases de las cámaras eran como relámpagos que no hubieran sido anunciados por el trueno. Y no lograba descifrar el origen de esos extraños sonidos que producían los obturadores de las cámaras.

Entonces comenzaron las llamadas de atención.

–¡Sarah! Mire aquí, encanto.

–¡Señorita Meyerson, aquí!

–Sarah, ¿podría responder una pregunta?

–¿Qué?

Se quedó paralizada, medio encogida, la botella de leche en la mano. Miró nuevamente hacia el exterior y una sucesión de fogonazos la cegaron por completo.

–Diga, Sarah, ¿es verdad?

–¿Es cierto que...? –la continuación de la frase se perdió entre el tumulto mientras alguien empujaba al resto para hacerse sitio y tomar posiciones.

–¡Sarah, una sonrisa, por favor!

–¿Quién es usted?

Todavía medio cegada por la luces, se incorporó y frunció el ceño, atónita. Al menos empezaba a reconocer las figuras borrosas que tenía frente a ella, si bien eso no le aclaró en nada la tremenda confusión que tenía en la cabeza.

Había un centenar de fotógrafos en su puerta. Al menos, eso le pareció. Había varias filas de hombres y mujeres, de pie o de rodillas, e incluso algunos habían llevado escaleras de mano para conseguir un ángulo mejor.

Y había gente que sostenía micrófonos y que la apuntaba con cámaras de televisión.

–Vamos, querida. Mira hacia aquí.

–Dedícanos una sonrisa, ¿quieres? Después de todo, tiene que ser todo un partido...

–¿Quién? –preguntó Sarah, pero ignoraron su pregunta.

–¿Dónde lo conociste?

–¿Hace cuánto tiempo que estáis juntos? ¿Tenéis previsto hacerlo oficial pronto?

Enfatizó tanto la pregunta que casi pareció que estuviera escrita en el aire con letras mayúsculas.

–¿Qué es lo que hay que anunciar?

–¡Vamos, Sarah! No seas tan reservada...

Estaba claro que el humor de los periodistas había cambiado. El tono amistoso del principio había dado paso a una agresividad e impaciencia que se situaban el lado opuesto del espectro de las emociones. Sarah comenzó a sentirse incómoda, incluso asustada. Sentía que se enfrentaba a una masa enfebrecida que quisiera lincharla. Parecía que no querían comprender que no sabía de lo que estaban hablando.

Aferró la botella de leche contra su pecho como un escudo, parpadeó para aclarar su visión borrosa y se fijó en una mujer de la primera fila a la que sonrió.

–¿Podría explicarme qué está pasando?

Si había creído que encontraría en esa periodista una aliada, se había equivocado.

–¡Sarah, por favor! No seas tan reticente. Ya es un secreto a voces. Tú y ese atractivo griego estáis en toda las portadas. ¿Cómo te sientes al ser la nueva amante en la vida del Divino Damon?

Damon. El nombre le resultó familiar, pero no supo por qué. El Divino Damon. El Apuesto Griego. Conocía esas definiciones. Había leído esos nombres muchas veces en los periódicos, incluso antes de su encuentro con Damon. Los ecos de sociedad, las columnas de cotilleos y las revistas de moda llenaban sus páginas con las historias del Apuesto Griego y su intensa vida amorosa. Y esos reportajes habían acosado a Sarah desde que había huido de la farsa de su matrimonio. No podía abrir un diario o encender la televisión sin que apareciera una noticia sobre él.

Podría haberles dicho que estaban totalmente equivocados con respecto a la vida amorosa de Damon. Cualquier mujer que apareciera de su brazo en un acto público no era más que una simulación. Utilizaba esos amoríos públicos para desviar la atención de la realidad. Y parecía que había funcionado porque nadie, ni siquiera ella, había sospechado jamás.

–¡No lo soy! –protestó, horrorizada ante la idea que bullía en la cabeza de los periodistas–. Quiero decir que...

–¡Déjate de historias! Lo sabemos. ¿Dónde está?

–Estoy aquí.

Las palabras surgieron a su espalda. Habló con serenidad y alzó la voz justo lo necesario para que superase el zumbido molesto de las cámaras. La respuesta creó un inmediato halo de expectación entre todos los presentes. Y, en ese mismo instante, un par de manos se posaron con delicadeza sobre los hombros de Sarah. Pero, al mismo tiempo, había tanta firmeza que lograron controlar la sorpresa y la conmoción que asaltaron a Sarah antes de que se formaran.

–¿Qué querían ustedes saber?

El silencio desapareció y se dispararon las cámaras sin solución de continuidad. El grupo de reporteros se abalanzó sobre la entrada, rodeó los escalones y Sarah se retiró, presa del miedo. Pero su huida se topó con la firme sujeción de Damon, que sujetó a Sarah para que permaneciera en el sitio.

–Disponen de cinco minutos.

Más tarde, Sarah se preguntó si realmente habían pasado solo cinco minutos. Para ella había sido una eternidad entre ruido, fogonazos de luz y preguntas que apenas distinguía entre el barullo.

Tenía la vaga impresión de que Damon estaba hablando. Amansaba los ávidos periodistas con la misma clase de respuestas falsas que habían alimentado la noche anterior la curiosidad de Jason. Intentó descifrar el significado de la risa y esa entonación propia de las confesiones masculinas cuando habló de «apasionado romance» y de «flechazo absoluto».

Incluso abrió la boca para elevar una protesta, pero el dolor agudo que sintió en los hombros convenció a Sarah que Damon era consciente de sus intenciones y que no deseaba que expresara su opinión.

Sopesó la idea de rebelarse, pero desestimó la opción del amotinamiento antes de que llegara a formarse completamente en su cabeza. Empezaba a comprender lo que estaba ocurriendo, si bien había lagunas incomprensibles en el relato de los hechos.

Estaba claro que, de alguna manera, los periodistas habían llegado a la conclusión de que ellos dos eran pareja. No tenía la menor idea de la fuente de esa insensata información, pero creían que estaban tras la estela de una historia de amor. Sin embargo no podía comprender por qué Damon les seguía el juego. Desconocía los motivos por los cuales no los enviaba al diablo de una vez por todas.

–De acuerdo, creo que ya es suficiente...

La voz de Damon se impregnó de tanta autoridad que aplastó los últimos murmullos de protesta cuando decidió que la entrevista había llegado a su fin.

–Había dicho cinco minutos y han pasado casi diez.

Las plumas cesaron en su frenética actividad para alivio de Sarah. Algunas de la libretas se cerraron. Pero entonces uno de los fotógrafos se abrió paso hasta una posición aventajada.

–¿Y una fotografía oficial, Damon? Bésala, ¿quieres? Es lo que nuestros lectores quieren ver –señaló el tipo.

–¡Un beso! No... –Sarah lo intentó, pero no le dio tiempo a terminar la frase.

Apenas había separado los labios cuando Damon movió las manos hasta sujetarla firmemente por los brazos y la obligó a volverse hasta que estuvieron cara a cara. Damon estaba en un escalón más arriba y eso le otorgaba todavía más dominio sobre ella. Pero, ahora que estaba de espaldas a las cámaras, Sarah parecía decidida a presentar batalla.

–¡Damon, no!

–¡Damon, sí! –interrumpió con brusquedad y, con una mano en su barbilla, levantó el rostro de Sarah hasta que sus enfurecidos ojos verdes se encontraron con la impenetrable oscuridad de su mirada.

–Acéptalo, *agape mou* –dijo con franqueza–. Ofréceles lo que quieren y nos dejaran en paz.

–De ninguna manera –farfulló Sarah hecha una furia–. No pienso...

El resto de la frase murió bajo la asfixiante presión de la boca de Damon contra sus labios. Silenció su protesta con una dolorosa efectividad. Sentía las manos firmes sobre sus brazos. Los dedos se clavaban en su piel con tanta fuerza que Sarah tuvo el convencimiento de que le saldrían moretones. Sabía que no tenía escapatoria. No podía apartar la cara ni moverse. Tan solo podía someterse al imperioso deseo que Damon había puesto en ese apasionado beso.

Y lo más terrible fue que, entre la conmoción y el miedo, se excitó.

Desde el mismo momento en que sus labios entraron en contacto con él, Sarah perdió el sentido. Una fiebre sensual invadió su organismo. Se aceleró su pulso y el corazón bombeó oxígeno con más fuerza. Una neblina cubrió su mente y enturbió sus ojos cerrados. Toda clase de pensamiento fue desterrado y separó los labios en señal de bienvenida para la serpiente húmeda que invadió su boca en una danza erótica creada por los dos. Su cuerpo frágil osciló hacia él y lanzó los brazos alrededor de su cuello como se lanzaba el ancla para fijar la posición de un barco a la deriva. Las manos de Damon sostuvieron a Sarah erguida y ella se abandonó por completo.

Apenas era consciente que, a su espalda, había renacido el furor de las cámaras y los flases. Los periodistas y los fotógrafos se habían desvanecido en una nube. Tan solo existían en los límites de su percepción. En su particular mundo solo era consciente del fuego que ella y Damon habían revivido. Y sabía que había perdido todo contacto con la realidad y que estaba cayendo sin remedio en su propio infierno.

Sabía que si Damon la hubiera alzado en sus brazos y le hubiera susurrado al oído que lo acompañara a la cama para que hicieran el amor durante todo el día, ella habría asentido y habría aceptado esa proposición sin un solo reproche.

¿Qué demonios estaba haciendo? La pregunta estalló en la cabeza de Damon como una alarma.

¿Acaso se había vuelto loco? ¿Nunca aprendería?

La verdad era que no había previsto que esa breve representación para deleite de los cámaras se hubiera transformado en eso. Algo profundamente íntimo, personal y privado. Un momento reservado para la confidencialidad del dormitorio, pero nunca para distracción de la prensa.

Y si sentía fatal con esa situación, sabía que Sarah estaría mucho más afectada. Se apoyaba contra él como si una fuerza sobrenatural le hubiera absorbido hasta su último aliento. Tenía los ojos cerrados y parecía en estado de trance. No parecía en condiciones de pensar por sí misma, así que Damon tendría que pensar por los dos.

–De acuerdo, caballeros. ¡Ya es suficiente!

¡Caballeros! Sería una broma. Conocía perfectamente esa clase de reporteros gráficos. Conocía a muchos de ellos de anteriores ocasiones. Y sabía cómo jugaban sus cartas. Si husmeaban una historia con todos los ingredientes básicos para alimentar el morbo se convertían en una partida de perros a la caza del zorro. Claro que, en el caso de alguno en particular, hubiera sido más acertado describirlo como un lobo babeante.

Y su presencia en Londres había colocado a Sarah delante de sus fauces.

Damon estaba acostumbrado. Había convivido con eso toda su vida adulta y había aprendido a manejarlos. También sabía que si les ofrecías algo de lo que andaban buscando desaparecerían mucho más rápido que si tratabas de ocultárselo.

Y eso lo había impulsado a entregarles lo que estaban buscando. Un beso. Pero nunca habría imaginado que se hubiera complicado de ese modo. Solo había previsto un beso rápido, una caricia apenas.

Pero se había equivocado. Y, consciente de las portadas que inundarían los quioscos a la mañana siguiente, no tuvo más remedio que aceptar que quizá había equivocado los cálculos.

–Será mejor que volvamos adentro...

¡Maldita sea, Sarah! Levanta la cabeza. Actúa como si... Si no estás relajada, al menos que crean que estás en este mundo. Pareces totalmente anonadada.

Damon intentó tomarla de la cintura con naturalidad para sostenerla en un simple gesto de cariño. Solo Dios sabría lo que pensarían los periodistas si la veían en ese estado tan lamentable.

–Ya tenéis las fotos y la historia. No hay nada más que ver aquí. Así que ¿por qué no nos concedéis un respiro, chicos?

Aliviado, tuvo la impresión de que asentían. Algunos iniciaron la retirada y otros guardaron las cámaras en sus estuches.

–Despídete, cariño... ¡Sarah!

Apoyó la cabeza en su brazo y levantó la vista hacia él. Tenía los ojos muy abiertos, extrañamente oscurecidos y la mirada algo vidriosa. Y en ese instante se disparó una cámara aislada.

–¡Despídete!

–Adiós –dijo como un niño mareado o un autómata.

Damon arrastró a Sarah hasta la casa como si fuera un peso muerto y cerró la puerta tras ellos con un golpe seco.

–¡Sarah!

Sujetó el cuerpo de Sarah por las axilas y sacudió con fuerza esa figura inerme.

–Sarah, ¿qué diablos te ha pasado ahí fuera?

Respondió mentalmente que la causa de lo ocurrido había sido él. Igual que había irrumpido en su vida un año atrás con la fuerza de un estallido nuclear, de modo que había pulverizado su mundo y su pobre corazón. «¡Tú, maldito seas!».

Quiso odiarlo. Quería odiarlo porque eso facilitaría las cosas. Pero, pese a sus denodados intentos, sabía que solo fracasaría. Ese beso había sido letal y se había destapado su personal caja de Pandora. Y nunca volvería a recuperarla.

–¿Qué demonios te ha pasado a ti? –preguntó Sarah, decidida a recuperar el control–. ¿Qué creías que estabas haciendo exactamente ahí fuera?

–¿Qué estaba haciendo?

Tuvo la valentía de adoptar un tono ofendido y sus brillantes ojos negros brillaron en un anticipo de su previsible estallido de furia.

–Pensaba que estaba ayudándote. He acudido a tu rescate.

–Mi...

Sarah solo pudo agitar la cabeza con incredulidad, en actitud de rechazo. Pero esas violentas sacudidas tuvieron en efecto inesperadamente positivo. Se aclararon sus ideas, recuperó la nitidez en la visión y eso disparó su temperamento hacia las más altas cotas de la escala de Richter. Damon seguía vestido únicamente con el batín de seda azul oscuro. Ni siquiera se había molestado en adecentarse algo antes de aparecer ante la prensa de esa guisa.

–¡Has salido para rescatarme! –repitió, cargando de

desprecio cada palabra–. ¿Y de qué manera pensabas que me ayudabas? Por favor, mírate...

Un dramático gesto de la mano recorrió la figura de Damon, desde el pelo erizado hasta sus pies descalzos sobre el suelo de terrazo. Estaba apoyado contra la pared pintada en azul y parecía plenamente indiferente a su diatriba.

–¡Has aparecido en la puerta de mi casa vestido de ese modo! ¡O más bien debería decir desnudo de ese modo! Tendrías que haberte imaginado lo que iban a pensar.

Sarah reconoció la mirada que asomó en la expresión de Damon. Se había enfrentado a ella en múltiples ocasiones y era sinónimo de problemas. Era una explosiva mezcla entre cabezonería, orgullo y un terrible malhumor. Era el equivalente emocional a la advertencia que acompañaba las instrucciones de una traca de fuegos artificiales. Sarah, por puro instinto, se preparó para el inminente estallido.

Por una vez, Damon sorprendió a su esposa. Es cierto que su expresión se endureció todavía más. Adquirió la gélida inmovilidad de una estatua de mármol, los ojos sin vida. Y, cuando finalmente tomó la palabra, su tono resultó tan lóbrego, tan grave y suave, que le recordó al silbido de una serpiente.

–¿Y qué pensarían exactamente?

¿Acaso tendría que deletreárselo? Sarah lo miró a la cara y, a tenor de su expresión, asumió que debería hacerlo.

–¡Llevabas puesto un batín! Y nada más. Habrán inferido que salías... bueno, que acabábamos de levantarnos. Y si sumamos dos más dos hasta un total de quinientos, seguramente habrán asumido que hemos compartido la misma...

–Eso ya lo habían decidido de antemano.

–Y entonces, ¿cómo?

–Eso ya lo habían decidido de antemano. Por eso estaban en la puerta –se incorporó, dio media vuelta y fue hacia las escaleras–. Tendría que haber sabido que era lógico.

–¡Para mi, no!

¿Cómo podía ignorar de ese modo sus quejas y alejarse tranquilamente? Sarah se encontró hablando a la espalda de Damon, que parecía decidido a subir las escaleras sin más explicaciones.

–¡Damon! ¿Por qué iban a pensar algo así?

Se volvió para mirar de reojo a Sarah por encima del hombro, pero no detuvo su ascensión hacia el primer piso.

Seguramente alguien les habrá comentado lo que estaba pasando.

–¿Quién?

–Piensa en ello, querida. Está bastante claro.

Pero a Sarah no le parecía tan obvio.

Mientras permanecía al pie de la escalera, confundida y absorta en sus propios pensamientos, Damon se perdió de vista. Pero entonces escuchó cómo se detenía, volvía sobre sus pasos y... un segundo más tarde, se asomaba por encima de la barandilla con expresión sombría.

–¡Casanova! –declaró sucintamente antes de desaparecer camino del dormitorio.

–¿Casanova?

Sarah subió las escaleras a buen paso y cruzó el rellano a la carrera. Empujó la puerta de la habitación de Damon y entró sin llamar.

–¿Te refieres a Jason? Porque yo... ¡Oh!

Sarah se quedó sin aire y, durante unos momentos, solo pudo mirarlo fijamente, inmóvil. Damon se había quitado el batín y lo había arrojado sobre la cama, pero no había tenido tiempo para vestirse. Estaba de pie, en el centro de la habitación, completamente desnudo salvo por unos calzoncillos de algodón que le apretaban los muslos a la altura de las nalgas. También se marcaba el bulto de su masculinidad. Las largas piernas bronceadas presentaban una capa muy leve de vello oscuro. El torso, igualmente moreno, surcado de músculos, se extendía acorde a la anchura de los hombros y el pecho. Más abajo se estrechaba en la cintura y unas caderas donde no sobraba ni un gramo de carne.

Era demasiado tarde para apartar la mirada. Ambos eran perfectamente conscientes de esa situación. Damon había observado la mirada ardiente de Sarah clavada en la perfección de su figura. Y ella sabía que aunque cerrase los ojos, la imagen de su cuerpo quedaría grabada en su cerebro como una huella imborrable.

–¿Ya has visto suficiente? –preguntó Damon, mientras Sarah todavía no era capaz de articular una respuesta–. ¿O estabas planeando aprovecharte de mí mientras yo...?

–Yo, yo... No, claro que no.

Roja de vergüenza, sacudió la cabeza violentamente y retrocedió con paso inseguro.

–¡Por supuesto que no! Lo siento, no debería...

El gesto de indiferencia de Damon probó como totalmente innecesaria la disculpa de Sarah. Una sonrisa burlona y sensual se dibujó en los labios de Damon.

–Tampoco es que se trate de algo nuevo para ti. Cuando estábamos casados...

–¡Eso era muy distinto! Y ya no somos marido y mujer.

–A los ojos de la ley, todavía estamos casados –recordó Damon.

–Quizá, ¡pero no en lo que a mí concierne! –replicó Sarah, que vio cómo en ese preciso instante la sonrisa de Damon se desvanecía en una mueca cruel.

–Eso es más que evidente –repuso sin más, apabullando a Sarah–. No me hubiera importado...

–¿Qué? –se interesó ella.

–Si hubieras intentado aprovecharte de mí. De hecho, creo que lo hubiera preferido. Y habría resultado un cambio muy agradable que esta vez fuera yo quien ejerciera el rechazo, en vez de ti.

–Yo nunca...

Sarah inició un amago de protesta. Pero entonces recordó la nota que le había escrito cuando había huido de su matrimonio. Esa carta en la cual había argumentado que conocía el trato acerca de su terreno, ya que su atormentado orgullo femenino le había impedido reconocerle que estaba al tanto de su relación con Eugenia.

Había declarado que no podía ni quería permanecer junto a un hombre que le había mentido. Eso la había impulsado a marcharse y no deseaba volverlo a ver jamás.

–¿Por qué estás tan seguro de que ha sido Jason?

Apartó la mirada de su cuerpo y esa expresión burlona que tanto la azoraba.

«¡Cobarde!» No lo dijo en voz alta, pero la acusación brillaba en sus ojos y en la cínica mueca de su boca. Pero se puso los pantalones vaqueros mientras contestaba.

–Lleva su sello. ¿Acaso pensabas que iba a aceptar sin más que lo echáramos de aquí sin buscar revancha?

–No.

Sarah estaba recordando la escena del día anterior. Se había establecido una evidente tensión entre ellos cuando Damon le había ordenado a Jason que saliera de allí y ella había temido que pudiera vengarse contra ellos de alguna manera. Después se había sentido muy aliviada cuando Jason había dado media vuelta y se había alejado sin más.

–En cuanto he visto a todos esos periodistas en la puerta, he sabido que Jason tenía algo que ver en todo esto –se levantó la cremallera y cruzó hacia una cómoda para sacar del cajón superior una camiseta roja–. Supongo que los habrá telefoneado con la exclusiva.

–Si estás tan seguro de que ha sido cosa suya, ¿por qué has salido?

–Parecías en dificultades –dijo con la voz atenuada mientras se ponía el polo–. Pensé que necesitabas ayuda.

¿Podría confiar en esa leve brisa de calidez, esa sensación de sentirse mimada que súbitamente inundó sus sentidos? Deseaba sentirse de ese modo, pero no bastaba con eso.

–¿Y cuando me has besado?

Odiaba preguntar eso, pero tenía que conocer la verdad por encima de cualquier escrúpulo que frenara su voluntad.

–¿Por qué lo has hecho?

–¿Por qué? –contestó Damon.

Se había colocado el polo suelto sobre la cintura y ahora había tomado un cepillo de la mesa, que se pasó un par de veces sobre el pelo.

–Solo les ofrecí lo que estaban buscando –declaró, sus ojos negros clavados en los ojos verdes de Sarah a través del espejo–. Acudieron para encontrarse con dos amantes y eso fue lo que vieron. No significó nada y a nadie le hizo daño.

«A nadie le ha hecho daño».

Cada palabra era un puñetazo helado sobre su pobre corazón. Quizá pareciese que no había causado ningún daño. Sus heridas no eran visibles. Todo el sufrimiento estaba en ella, en lo más profundo de su ser, y su alma se desangraba sin remedio, víctima de un sinfín de cortes salvajes.

Ella se había volcado por completo en ese beso en el descansillo. Damon la había besado con tanta ternura que había vaciado su espíritu y ella había correspondido con todo lo que guardaba en su interior. Sarah había respondido con todo su amor y no le habría importado que Damon lo hubiera comprendido.

Sin embargo, había dicho con absoluta indiferencia que no había significado nada.

–¿Así que solo ha sido un truco publicitario? Un ejercicio de relaciones públicas para que los periodistas se marcharan contentos y satisfechos.

Damon se preguntó cómo reaccionaría Sarah si le decía que esa no había sido la razón. ¿Se reiría en su cara y la acusaría de comportarse como el idiota que sabía que era? ¿O volvería a echarle en cara una vez más que, en su opinión, ya no estaban casados, su matrimonio formaba parte del pasado y estaba más que dispuesta a seguir con su vida alejada de él?

Dejó el cepillo del pelo sobre la mesa y se encaró con ella. Sarah parecía enfurecida, las mejillas sonrosadas, y sus ojos refulgían como esmeraldas.

–Jason les habrá explicado que eres mi amante y eso es exactamente lo que han venido a buscar. Era la historia que perseguían y es lo que han tenido.

–¡Pero eso no era lo que yo quería!

Sarah comenzó a pasearse a lo largo de la habitación mientras gesticulaba con las manos en prueba de su exasperado estado de ánimo.

–No quiero que se me conozca como tu amante. ¿Cómo has podido pensar en algo así? Es lo último que desearía.

–Aparte de ser mi esposa.

La significativa mirada que Sarah le dirigió a modo de respuesta aclaró su opinión sobre ese tema. ¡Y esa era la mujer que había intentado proteger! ¡La mujer que había creído que podría convencer para que se quedara a su lado!

Estaba claro que estaba perdiendo la cabeza.

–Conozco a los chicos de la prensa –explicó con calma, igual que si su interlocutor fuera un chiquillo malhumorado–. Si descubren que tienes algo que ocultar, se convierten en sabuesos. Y nunca se dan por vencidos. Usarían cualquier truco para descubrir el pastel.

–¡Pero no hay ningún pastel! No tengo nada que ocultar.

–¿Ah, no?

Sarah sacudió la cabeza con tanta fuerza que perdió la goma elástica que le sujetaba el pelo y los rizos pelirrojos de su melena se descolgaron sobre su cabeza en abanico.

–¡No!

Pero, al tiempo que ella negaba con vehemencia ese punto, Damon observó que algo había llamado su atención en la trastienda de su mente. Apaciguó el paso, miró a Damon fijamente a los ojos y negó con la cabeza una segunda vez, pero con menos énfasis que al principio.

Damon casi podía ver cómo una sombra de duda tomaba cuerpo en el pensamiento de Sarah. Perdió el color de las mejillas y su intensa mirada ganó en opacidad.

–¿Estás segura?

–Sí...

–¿Ni siquiera un día de junio del año pasado? Una pequeña vicaría...

–¡Déjalo!

–Y las palabras: «Sí, quiero...».

–¡He dicho que te calles!

–La verdad es, *ghineka mou* –dijo Damon, que se tumbó en la cama con las piernas estiradas y los brazos cruzados sobre el pecho–, que ya es tarde para detenerlo. Perdiste la oportunidad cuando el párroco te ofreció esa posibilidad para que hablaras o callaras para siempre.

–Ya está bien... –musitó Sarah en un tono distinto.

Si había buscado el recuerdo más efectivo, había dado en el clavo. Quizá de modo inconsciente se había concentrado en el instante cuyo recuerdo era más vivo dentro de la boda secreta que había tenido lugar doce meses atrás.

Tan solo se habían conocido durante unas pocas y deliciosas semanas. Ella había vivido ese momento presa del nerviosismo. No podía creer que ese hombre tan maravilloso, Damon Nicolaides, que disponía de las mujeres más bellas de la isla suspirando por él, se hubiera fijado en ella.

Y entonces, cuando el párroco había pronunciado esas palabras sobre si alguna persona conocía algún motivo por el que ese matrimonio no debiera llevarse a cabo, ella había contenido la respiración en un ataque de pánico. De hecho había dirigido una mirada furtiva por encima del hombro hacia la entrada de la iglesia, temerosa de que alguien pudiera aparecer por la puerta para impedir su boda.

Nunca había creído que todo aquello fuera real. Los hombres como Damon no se enamoraban sin más y se casaban con mujeres tan insignificantes como ella.

Y lo más terrible y lo más irónico era que todos sus miedos se habían concretado en hechos reales. En un primer momento toda había ido bien. Ese momento de pánico había pasado y se habían desposado. Habían intercambiado los anillos y se habían besado. Después habían salido de la iglesia como el señor y la señora Nicolaides. Y todo se había desarrollado como en un cuento de hadas. Solo que no se trataba de un cuento con final feliz.

Damon nunca había estado realmente enamorado y solo se había casado con ella para alcanzar sus objetivos.

Y la muerte de todos sus sueños había resultado todavía más dolorosa porque había venido con retraso, tras un periodo en el que había disfrutado de una felicidad tan completa que jamás había soñado que fuera posible.

–Si hubiéramos negado la historia de Jason –prosiguió Damon, ajeno a las protestas de Sarah–, los fotógrafos se habrían olido algún asunto. Habrían preguntado qué hacíamos juntos en esta casa y finalmente habrían dado con algo. Y te aseguro que no sueltan a su presa con facilidad.

La mirada de Damon corroboró sus palabras. Sarah se estremeció ante la idea de que descubrieran algo más.

–Si querías que descubrieran que estamos casados, nada habría resultado más efectivo para animarlos. No se habrían detenido hasta que lo hubieran averiguado todo. Pero al vernos tan asequibles sobre este asunto...

–Y ese cuento chino acerca de la pasión devoradora que les has contado –apuntó Sarah con sarcasmo.

Damon, para su sorpresa, guardó una expresión relajada y exhibió una sonrisa que licuó sus huesos y debilitó sus rodillas.

–Pero he resultado convincente, ¿verdad? –replicó–. Se lo han tragado. ¿Cómo es eso que decís? Sedal, anzuelo...

–Anzuelo, sedal y plomo –confirmó Sarah y admitió entre dientes que había resultado plenamente convincente.

Tan convincente que ella había estado a punto de creer en él.

–Pero ¿crees que habrá funcionado? –preguntó, decidida a desviar su pensamiento del incisivo dolor de su corazón en virtud de lo cerca que había estado de engañarla–. ¿Crees que se conformaran con el hecho de que seamos amantes y no investigarán nuestro pasado ni sacarán los trapos sucios?

Las posibles repercusiones de esa supuesta investigación comenzaban a tomar cuerpo en la mente de Sarah.

Había creído que, tras una separación de seis meses, podría iniciar los trámites del divorcio enseguida y que podría separarse de Damon con relativa facilidad y, sobre todo, sin llamar la atención de la prensa. Pero esas fotografías seguramente habrían echado por tierra sus esperanzas.

Si su matrimonio salía a la luz pública, la prensa tendría terreno abonado para su trabajo. Y si el divorcio se hacía efectivo a continuación, eso solo proporcionaría un mayor escándalo y correría mucha más tinta. Perdería su intimidad y carecería de vida privada durante mucho tiempo. Sintió un mareo ante esa idea.

Una razón de más que añadir a la lista de razones para odiar a Damon Nicolaides.

–¿Te han creído?

–No lo sé.

Damon mostró una total indiferencia frente al tono

de indignación de Sarah. Echó los brazos por detrás de la cabeza y se apoyó con aparente relajación.

–Pero existe un modo en que podríamos convencerlos.

–¿En serio? ¿Y de qué se trata? –se interesó Sarah.

Si él le hubiera tendido la mano en ese instante, ella lo habría rechazado, tal era su deseo por conocer la respuesta.

–¿Qué podemos hacer, Damon? ¿Cómo podemos asegurarnos?

Amusgó los ojos mientras clavaba su mirada en ella y ese cambio de expresión despertó campanas de alarma en Sarah antes de que tomara la palabra.

–Bueno, es bastante sencillo. Pero no creo que te guste la idea.

–No importa que me guste o no. ¡Soportaré lo que sea si vale la pena! ¿De qué se trata? –preguntó de nuevo.

Damon suspiró, se mesó los cabellos y frunció el ceño. Entonces tomó una decisión y se incorporó, su hipnótica mirada sobre ella.

–Es muy sencillo –dijo–. Les daremos algo más de lo que buscan. Probaremos que, efectivamente, eres mi amante.

Era lo último que habría esperado y lo que menos habría deseado.

–Nosotros, ¿qué? –farfulló . ¿Cómo vamos a demostrarlo?

–Muy fácil –aseguró con una sonrisa extraña, fría y divertida–. Haremos que sea real.

Capítulo 6

TIENE que ser una broma!

Damon sacudió la cabeza, la expresión severa y sus ojos fijos en ella como dos tizones ardientes.

–No podría hablar más en serio –dijo en un tono que estremeció a Sarah–. Y sostengo cada palabra que he dicho.

Sarah asumió con dificultad que Damon hablaba muy en serio. De hecho parecía convencido de que esa era la única salida a su particular dilema, pero ¡no podía ser! ¿Cómo podía favorecer a sus intereses que los periodistas creyesen que ella era su amante? ¿Y hacerlo real?

–¿Te importaría explicármelo?

Se sintió orgullosa del modo en que entonó la pregunta. Parecía sosegada. Nadie habría sospechado que su estómago daba vueltas como una noria y que su corazón latía al doble de velocidad ante la idea de que Damon pasara un día más en la casa. Y eso sin mencionar las implicaciones que suponía la idea de que ella se hiciera pasar por su amante.

–Ellos creen que somos una pareja, así que nos comportaremos como tal –explicó.

–Consigues que parezca sencillo.

Quizá fuera fácil, después de todo. Al fin y al cabo, Damon estaba allí. La conmoción de su inesperada llegada la noche anterior se había atemperado. Si bien no estaba acostumbrada a su presencia en su vida y en esa casa por segunda vez, ahora empezaba a ajustarse a esos parámetros. Cada uno tenía su propia habitación y la casa disponía de espacio más que suficiente para que llevaran vidas separadas.

Además, tenía su trabajo en la galería de arte. Y Damon tendría que encargarse de los negocios que lo habían llevado a Londres.

–¡Podría funcionar! Estaríamos fuera todo el día y por las noches ni siquiera tendríamos que vernos –apuntó Sarah.

Eso no era lo que Damon había planeado.

Había sugerido esa idea impulsado por una fuerza interior que no había comprendido del todo en un primer momento.

Pero nunca había actuado con sentido común cuando se había tratado de Sarah Meyerson. Desde la primera vez en que había posado los ojos en ella, Damon había sentido que se sumergía en una piscina de hielo y que la conmoción aturdía las constantes de su cuerpo y vaciaba su cerebro de cualquier atisbo de pensamiento racional. Había suspendido toda actividad cerebral y cuando había recobrado la capacidad de discernimiento ya había sido demasiado tarde, alejado de cualquier asidero sobre el que asentarse y recobrar el sentido común.

–¿No crees realmente que eso pueda convencerlos? ¿Qué tienes en mente?

Sarah lo miraba como si le hubiera sugerido que se envolviera entre serpientes venenosas o se comiera un par de babosas. ¿Acaso había destrozado su matrimonio de tal forma que todavía no podía perdonarlo? ¿O acaso la terrible verdad que se negaba a aceptar se presentaba ante sus ojos? ¿Sería cierto que era una mujer superficial y promiscua que había crecido convencida de que la vida con un solo hombre sería un aburrimiento, tal y como había declarado en la nota de despedida?

Había tenido serias esperanzas de ganarse los favores de esa primera Sarah. Había creído que ella podría perdonar todos sus errores y que, superado el odio y la ira, podría concederle una segunda oportunidad a su matrimonio. Esa otra Sarah que había encontrado a su llegada a la casa, entre el asombro y el disgusto, era un asunto totalmente diferente.

Esa era una persona que podría desear en su cama, pero nada más. Y *Kristos*, deseaba ese cuerpo con locura. La piel rendida bajo su peso, los labios abiertos mientras emitía esos suaves gemidos que escapaban de su cuerpo al tiempo que la excitación crecía hasta el abismo del clímax...

¡Theos!

Se levantó de la cama tras un movimiento abrupto, casi violento. Se metió la camiseta roja por dentro del pantalón mientras luchaba contra los pensamientos altamente eróticos que inundaban su mente, ahogando todo proceso de raciocinio.

–Este no es el mejor sitio para discutir este asunto –declaró y salió por la puerta–. Seguramente estaremos más cómodos en el piso de abajo.

Se encontraría más cómodo en cualquier lugar que no le hiciera revivir la clase de imágenes que excitaban su libido en un frenesí que lo incapacitaba para pensar con claridad.

La cocina no era mucho mejor. Recordaba los ecos de esa misma mañana cuando, sentado con el diario, había camuflado a duras penas su erección en un intento por ocultar un deseo que bordeaba la locura. Incluso el paso frente a la puerta de entrada le recordaba la escena del rellano y ese beso tan especial.

¡Demonios, tenía un verdadero problema!

Recorrió el salón con paso intranquilo, demasiado alterado para sentarse, consciente de que Sarah, a tenor de su expresión, empezaba a impacientarse.

Y sus primeras palabras le confirmaron ese punto.

–¿Y bien? –preguntó, apoyada en el brazo del sofá, la mirada fija en él–. ¿Ya estás cómodo? ¿Vas a explicarme ahora qué has querido decir? Te advierto que...

–El hecho de que vivamos en la misma casa no bastará para convencer a nadie –dijo sin tapujos–. Acabamos de confirmar a la prensa que estamos juntos, locamente enamorados el uno del otro. Tendremos que ceñirnos a ese guión. De lo contrario, notarán que algo falla. Tendremos que dejarnos ver juntos en público. Es necesario que nos comportemos como auténticos amantes.

–¡Quieres que nos comportemos como auténticos amantes!

El recuerdo del beso en la entrada obligó a Sarah a ocultar el torbellino emocional bajo la máscara de una expresión satírica.

–A mí eso me suena a una burda excusa para poder meterme mano en público y no voy a consentirlo –dijo Sarah.

–Tú también tendrás que meterme mano a mí –replicó Damon–. ¿Facilitará eso las cosas?

–Me temo que no.

La sola idea elevó la temperatura de su cuerpo y aceleró su pulso.

–Nadie se tragará que somos una pareja si no parece que no podemos dejar de acariciarnos ni un solo momento –señaló.

–Soy perfectamente capaz de un cierto grado de control –apuntó Sarah.

Sarah buscó un tono digno, pero sonó altiva y fría.

–Pues será mejor que lo pierdas. De lo contrario, será la ruina desde el principio.

La mirada de Damon mientras hablaba era muy elocuente. Explicaba que ese supuesto control del que ella hablaba no había existido en los primeros días de su matrimonio. En esos días, Damon había apodado a Sarah *okulaki*, el equivalente a cachorro, porque siempre lo había seguido a todas partes pegada a sus talones, sus grandes ojos verdes, llenos de devoción, fijos en su rostro. Sintió una punzada en la boca del estómago al recordar hasta que punto había sido estúpida.

–Y necesitarás algo de tiempo libre, fuera del trabajo. ¿Podrás disponer de tiempo?

–¿Tiempo libre? Bueno, podría... Pero no voy a tomarme unas vacaciones. No veo que haya ninguna razón...

–Solo me quedaré en Londres un día más –dijo Damon–. El lunes por la mañana me marcho a París.

París. La sola mención de ese nombre tenía la capacidad de paralizar a Sarah. Siempre había suspirado por visitar la capital francesa y mucho tiempo atrás, en lo que parecía una vida anterior, Damon le había prometido que le llevaría en una tardía luna de miel, una vez que el secreto de su matrimonio su hubiera hecho público.

Solo que, naturalmente, no había durado tanto juntos.

–¿Y eso qué tiene que ver conmigo?

Damon la miró como si no creyera que fuera tan estúpida para preguntar algo así.

–Bueno, vendrás conmigo, por supuesto.

–¡Ah, no! De eso nada.

–Tendrás que acompañarme si quieres que esta historia funcione –dijo Damon.

¿Quería Sarah que funcionase realmente?

–Creo que no me apetece que funcione. Todo se está complicando demasiado y, francamente, no creo que el esfuerzo merezca la pena.

Se deslizó sobre el brazo del sofá y se estiró sobre los cojines con un aire de total indiferencia.

–Creo que lo más sensato sería que olvidáramos todo el asunto –añadió.

Sarah esperaba que Damon discutiera su opción y estaba preparada para darle réplica, pero Damon no trató de persuadirla. Sencillamente se encogió de hombros como si la decisión de Sarah fuera lo último que le importara.

–Es tu decisión. Pero si no quieres seguir adelante con esto, tendrás que pensar en alguna alternativa. Algo que puedas contarle a la prensa.

–Pero ¡no quiero suministrarles ninguna historia!

–Pues tendrás que hacerlo.

Damon avanzó y se situó detrás de la silla, frente a ella, los dedos sobre el respaldo mullido y los músculos de los brazos en tensión mientras se echaba hacia delante.

–Tendrás que inventarte una historia que satisfaga a los periodistas.

–Me limitaré a un sucinto: «No haré comentarios».

Sarah adoptó un aire bravucón que no representaba su estado de ánimo. Se había sentido como un pez fuera del agua esa mañana, rodeada de periodistas gráficos, y la idea de enfrentarse a ellos de nuevo no le hacía ninguna gracia.

–¿Y crees que eso bastará?

–Tendrá que valer. No les diré nada más y, tarde o temprano, perderán el interés y se marcharan...

Arrastró las palabras al tiempo que Damon sacudía con seguridad la cabeza. Los rasgos severos de su expresión acabaron con la endeble confianza de Sarah.

–Esa gente no pierde interés si se huele una buena historia. Y créeme si te digo que Jason les ha debido proporcionar una suculenta prueba para que se hayan presentado aquí esta mañana. No se cansarán en mucho tiempo.

–Pero yo creía...

–Recapacita –le interrumpió Damon.

De pronto, se movió deprisa hacia ella y alargó la mano. Antes de que Sarah pudiera reaccionar, Damon la había agarrado por el brazo y había tirado de ella sin ningún recato, arrastrándola a lo largo de la sala hasta el ventanal.

–¡Mira! –se limitó a decir.

Era todo lo que hacía falta. Sarah miró hacia fuera y lo que vio le congeló la sangre.

Los reporteros no se habían movido de la puerta e incluso parecía que hubieran crecido en número. La entrada estaba abarrotada. La acera estaba bloqueada y había gente desperdigada a ambos lados de la calle. Esa sola visión recordó a Sarah cómo se había sentido al verse rodeada por la muchedumbre ruidosa, acosada y acribillada a preguntas que apenas había podido comprender y para las que no había tenido respuesta.

–¿A qué están esperando? –preguntó.

–Esperan por ti.

–Pero ¡tú eres la celebridad! Eres tú quien sale continuamente en las columnas de cotilleos –protestó.

–Por eso se interesan por ti. Quieren saber cómo me conociste, qué me dijiste, cómo llamaste mi atención...

–¡Pero yo nunca he llamado la atención de nadie!

Sarah olvidó toda precaución en virtud de su preocupación. Apartó la cortina, acercó la cara a la ventana y observó a la multitud de reporteros que aguardaban en el exterior.

–Sarah... –la voz de Damon era como una señal de alarma.

Pero fue demasiado tarde. Alguien se volvió hacia ella, descubrió su presencia y apuntó. Hubo un grito y al segundo se dispararon al unísono un centenar de flashes. Aquella luz repentina cegó a Sarah, que retrocedió medio conmocionada.

–¡Apártate de la ventana, insensata! –Damon agarró a Sarah y la obligó a volverse, de modo que diera la espalda a las cámaras–. ¡No los mires!

Fue una orden que no admitía ninguna clase de rebeldía, si bien había sido idea suya que se asomase a la ventana. Incluso si hubiera sido capaz de rebelarse, Sarah no tenía fuerzas para enfrentarse a Damon y los fotógrafos. La mirada despreciativa de Damon se deslizó sobre ella y le quemó la piel. Sarah no sabía si era un problema mayor el hombre que tenía frente a ella o la jauría de lobos que aguardaba fuera.

–¿Es que no tienes cabeza? –rugió Damon, facilitando a Sarah la decisión–. Esa gente se merendaría a una inocente como tú en un suspiro. Y lo que acabas de hacer solo los habrá animado.

–Pero yo creía que eso era lo que tú buscabas. Creía que tenía que ofrecerles la historia que desean –dijo Sarah.

Escuchaba el clamor de la masa a su espalda. No se atrevía a mirar hacia la ventana, pero sabía que seguían pendientes de cualquier movimiento.

–¡Oh, esto es espantoso! Ahora sé cómo se siente un animal salvaje encerrado en una jaula y lo que es tener a una horda de periodistas vigilando mi casa, espiando cada uno de mis movimientos.

La sensual boca de Damon se torció en una mueca de amargura.

–¡Bienvenida al club! –replicó con cinismo–. Es lo que... ¡Oh, demonios...!

–¿Qué?

De medio lado tras el empujón de Damon, Sarah obtuvo una visión borrosa de un rostro pegado al cristal de la ventana que, desde fuera, escrutaba el interior. Un nuevo fogonazo deslumbró su rostro, mientras escuchaba otra escalera apoyándose contra la pared y pasos que subían para alcanzar el alféizar.

–¡Damon!

Pero ya había reaccionado. Había apartado a Sarah de un empujón y había corrido las pesadas cortinas de terciopelo.

–Ahora no podrán ver nada –dijo con forzada satisfacción.

Pero Sarah ya estaba totalmente desconcertada. Para ella, esa invasión de su privacidad había sido el colmo. Desesperada por perder de vista al enjambre de periodistas, volvió al sofá y hundió la cara entre las manos.

–¡Odio todo esto! ¡Lo odio! No podré soportarlo.

–¿Todavía crees que podrás salir de todo este embrollo sin contarles nada?

Sonaba tan engreído, tan satisfecho que su pregunta solo incrementó la tensión nerviosa de Sarah, cada vez más encendida.

–Yo no voy a contarles nada, pero creo que tú sí deberías. A fin de cuentas, tú me has metido en este lío. Si no hubieras aparecido, nada de esto habría ocurrido. ¿Por qué no haces algo al respecto?

–¿Qué quieres que haga?

–¿Y cómo voy a saberlo? Tú eres el experto en el trato con esos reporteros, así que supongo que sabrás qué hacer. Seguro que podrías decirles algo.

El silencio que siguió a sus palabras fue tan profundo y tan perturbador que todo su cuerpo se puso en tensión. Damon permaneció en silencio, muy quieto, durante tanto tiempo que Sarah comenzó a inquietarse, incapaz de sobrellevarlo. No quería mirar a Damon a la cara por miedo a lo que pudiera leer en su rostro, pero no tuvo elección.

Apenas tuvo tiempo de observar la expresión ausente, la opacidad de su mirada, antes de que se pusiera en acción.

–¡Está bien! –asintió, enérgico y frío–. Lo haré.

Ya casi había salido por la puerta cuando Sarah recuperó el aliento. Algo en su respuesta le había puesto los pelos de punta. No sabía que tendría entre manos, pero tuvo la certeza de que no le iba a gustar.

–¡Espera!

¿Acaso Damon la había oído? ¿Se detendría?

Sarah contuvo la respiración y después suspiró pesadamente. Justo cuando estaba convencida de que no le haría caso, Damon se había detenido y se había vuelto lentamente para mirarla a los ojos.

–¿Qué pasa?

La mirada de Damon permanecía inescrutable para ella y no había la menor señal de emoción en la profundidad de su retina.

–¿Qué piensas hacer?

El suspiro de Damon fue toda una declaración. Era la mezcla perfecta de irritación, impaciencia y exasperación. Y quizá un poco de desdén ante la pregunta.

–Voy a hacer exactamente lo que me has pedido que haga. Querías que hablase con ellos y eso pensaba hacer.

–Pero ¿qué vas a decirles? –preguntó.

Otra de esas miradas llenas de fuego se le marcó en la piel y Sarah se sintió tremendamente vulnerable.

–Bueno, no quieres que mienta y diga que eres mi amante. Pero después de la escena de esta mañana y ese beso, solo veo una alternativa posible.

–¿Y de qué se trata?

Hubiera preferido omitir esa pregunta. Tenía la inevitable sensación de que no le complacería la respuesta de Damon.

–La verdad.

–La...

Sarah abrió la boca en dos ocasiones para articular la palabra, pero en ambos casos no surgió la voz. Solo emitió un sonido inarticulado. Tragó saliva y lo intentó de nuevo.

–¿La verdad? ¿Qué verdad?

–¿No es obvio? Voy a decirles que eres mi esposa y que nos casamos en secreto hace un año. ¿Qué otra cosa puedo decirles?

–No. ¡Oh, no!

El miedo y la conmoción levantaron a Sarah de la silla. Las piernas le temblaban con tanta fuerza que apenas mantenía el equilibrio, y se apoyó en una mesa.

–¡No puedes hacer eso!

¿Cómo afrontaría que todos se enterasen de que una vez lo había amado hasta el punto de casarse con él? ¿Que había comprometido su vida, había llevado su alianza y había compartido su lecho en la ingenua pretensión de que ese amor era correspondido por él? Pero todo había sido una gran mentira. Y si el mundo conocía la noticia de su boda secreta, también descubrirían con el tiempo que había sido una farsa. Sabrían lo poco que ella le había importado a Damon cuando este la apartara de su lado para casarse con su gran amor, Eugenia.

Y sería mucho peor si hubiera salido a la luz pública y la noticia se hubiera utilizado como carnaza para la hambrienta industria del cotilleo.

–¡No te lo permitiré! ¡Insisto!

–Puedes insistir tanto como quieras –replicó imperturbable–. Pero habrá que decirles algo.

Pero ¡eso no! Además, seguramente también afectaría a los propios intereses de Damon si se hacía público su matrimonio. Tenía que ser un farol, ¿o no? Miró la expresión seria de Damon, pero Sarah no supo qué pensar.

–¿Y bien? –presionó Damon en espera de una respuesta.

Estaba tan pálida que su piel era casi translúcida. Parecía que le hubieran notificado la noticia de la muerte de su mejor amigo, los ojos abiertos de par en par y las mejillas cenicientas.

¿Le resultaba tan insoportable la idea de que el mundo supiera que le pertenecía? ¿Qué, además de amantes, eran marido y mujer, unidos en el marco legal y en el emocional?

¡Demonios! ¿Acaso ella lo había amado alguna vez? En el pasado, al principio, habría apostado la vida sin vacilación, pero ahora tenía dudas. Era una posibilidad que no deseaba tantear y que había evitado desde que Sarah lo había abandonado.

Se había dicho que ella estaba furiosa por el acuerdo sobre el terreno. Y que tenía todo el derecho a sentirse herida. Se había equivocado por completo. Así que había preferido tomarse un tiempo hasta que las aguas se calmaran antes de empezar a construir puentes entre ellos. Pero, cuanto más esperaba, más dudas lo acosaban acerca de que el asunto de la tierra hubiera sido la verdadera razón para el fracaso de su relación. ¿Y eso adónde lo conducía?

Al aburrimiento que ella había nombrado. Y, por supuesto, a Jason.

Jason.

El nombre se le atragantó en el estómago. Sintió los nervios agarrotados. Si le hubieran preguntado, hubiera jurado que Sarah no era la clase de mujer que se acostaba con cualquiera. Pero había llegado a la casa y, cinco minutos más tarde, la evidencia se había escenificado ante sus ojos. Jason estaba tan bien instalado que incluso había dejado sus pertenencias en el dormitorio que había compartido con ella.

Y eso le planteó de nuevo la pregunta que lo atormentaba. ¿Acaso Sarah lo había amado en algún momento? Eugenia había apuntado que ella solo se había casado por su dinero. Pero Damon, cegado por su amor, había rechazado esa posibilidad. Ahora no estaba tan seguro.

–De acuerdo. Quizá decirles que estamos casados no sea el mejor plan.

Súbitamente, la idea de salir a la puerta de la calle para informar a la prensa de su matrimonio había perdido todo el atractivo. Los periodistas encontrarían fascinante esa historia. El millonario sofisticado que cae en la trampa más vieja. Un hombre cosmopolita que pierde la cabeza por una belleza de aire ingenuo y cuerpo de pecado. Y que, más tarde, descubre que se ha casado con una mujer avariciosa.

Si bien suponía que nadie lo culparía. Tan solo tenían que fijarse en ella, su increíble melena castaña rojiza y ese cuerpo de escándalo que la ropa no podía disimular.

Estaba de pie, apoyada en la mesa, el cuerpo echado hacia delante y el pecho avanzado como un espolón de proa. La curva de su trasero, ceñido a la tela vaquera algo desgastada, era una tentación para cualquier ser vivo. Si no se equivocaba, había suficiente espacio para que introdujera las manos por debajo de los pantalones y la ropa interior. Y entonces tomaría sus nalgas, suaves como la piel de melocotón...

¡Diablos, no! No debía permitir que sus pensamientos errasen en ese universo sexual y lo alejaran del sendero marcado. Debía concentrarse en Jason y el plan de ese bastardo que los había metido en ese lío.

–¿Qué otras opciones tenemos? ¿Alguna idea?

–¡Ideas! –se burló Sarah, presa de la ira–. Tú eres el hombre de las grandes ideas. Tú eres el experto en manejar a la prensa. Deberías ser tú quien sugiriera algo.

–Ya lo he hecho –replicó–. Pero no ha sido de tu gusto.

–¿Y eso te sorprende? Fíjate lo que ha surgido de tu brillante idea de esta mañana.

El recuerdo vivo acudió a su mente. Ese beso, el efecto agudo que había provocado en su organismo y la terrible certeza de que solo lo había hecho como parte del espectáculo envalentonaron a Sarah.

–¡Ojalá nunca me hubieras besado! –declaró, amargada por un sentimiento de traición.

–Lo mismo digo –replicó Damon con acento lúgubre–. No sabes cómo lo lamento. Pero lo hice y tendremos que aceptar las consecuencias.

Para alivio de Sarah, se había dado la vuelta. Su decidido paso hacia la puerta se había detenido. Ahora se mesaba los cabellos negros con ambas manos y fruncía el ceño con severidad.

–¿Qué te parece esta idea? Volvemos al plan original y les dejamos pensar que somos amantes. Pero te prometo que siempre que salgamos, siempre que tengas que enfrentarte a ellos, estaré a tu lado. Yo responderé a todas las preguntas y me aseguraré de que te incordien lo menos posible. ¿Qué te parece?

Sarah admitió que sonaba estupendamente. Siempre estaría a su lado. ¿Qué más podía pedir?

Quizá que estuviera siempre a su lado porque la amaba y no porque las maquinaciones de Jason lo hubieran forzado a esa situación. Pero se trataba de un sueño imposible para el que no cabía esperanza alguna.

–No estoy segura –señaló vacilante.

¿Cómo podía decidirse cuando su cabeza amenaza con explotar en mil pedazos? Su mente se debatía entre el miedo al enfrentamiento con los periodistas y el dolor que le produciría la seguridad de que cada sonrisa, cada caricia y cada gesto de ternura solo eran mentiras de cara a los fotógrafos.

Claro que su matrimonio ya había sido así. Una farsa de principio a fin. Pero al menos no lo había sabido. Había disfrutado de unos meses de bendita ignorancia hasta que la cruda realidad había llamado a la puerta de su hogar.

–¡Demonios, hasta te dejaré que pongas fin a nuestra relación de manera oficial! Puedes rechazarme –apuntó Damon en tono confesional.

Sarah admitió que eso sería una gran derrota para él. A Damon Nicolaides no lo rechazaban las mujeres. Siempre era él quien decidía con quién se relacionaba y por cuánto tiempo. Y una vez tomada la decisión, no había marcha atrás ni reclamación posible. Decía adiós y jamás volvía la cabeza.

–Podemos improvisar una escena en algún sitio público, un restaurante... o en el teatro. Y puedes despacharte a gusto y jurar que no quieres volverme a ver en toda tu vida. Y yo puedo interpretar el papel de amante despechado, perdido sin el amor de su vida.

Sarah no creía que hablara en serio. Lo miró a los ojos fijamente, incapaz de aceptar lo que estaba escuchando de sus labios.

–¿Harías eso por mí? –preguntó escéptica.

–Si sirve para que salgamos de este aprieto –aceptó, y añadió con un súbito brillo en la mirada y una sonrisa irónica–: Incluso de daré un anillo para que me lo tires a la cara. Será un gesto dramático incontestable.

Pero eso sería demasiado. Ese gesto se aproximaba demasiado a la verdad para que resultara cómodo. Sarah no compartía su cínica mirada de humor y no podía esbozar siquiera un amago de sonrisa. Todavía tenía muy presente el momento agónico en que se había quitado la alianza del dedo. Y no volvería a hacerlo por nada del mundo.

Nada la induciría a pasar por aquello una segunda vez.

–Tendré que pensarlo –dijo en un tono tan apagado como su corazón.

Emitió un largo suspiro entre dientes y Damon sacudió la cabeza con impaciencia.

–Pues ¡piensa en ello! –dijo–. Pero no te tomes demasiado tiempo. Necesitamos tomar una decisión rápida. Porque, salvo que tengas provisiones para soportar un largo asedio, uno de los dos tendrá que salir de esta casa antes o después. Y cuando eso ocurra, créeme, el infierno caerá sobre nosotros.

Sarah pensó en esa posibilidad.

De hecho, no pensó en otra cosa durante toda la tarde. Una tarde en que la casa se vio sumida en una extraña oscuridad, ya que las cortinas estaban echadas y tapaban la luz del sol en el primer piso.

La consecuencia fue que todas las habitaciones se contagiaron de un ambiente cargado, lóbrego e irrespirable. Sabía que no podía seguir con todo cerrado. Notaba cómo le faltaba el aire. Pero en la única ocasión en que abrió una ventana, en la parte trasera de la casa, distinguió con claridad el sonido de pasos, el murmullo de la jauría, alguna risa ocasional y, en definitiva, la presión de la prensa. No podía escapar de ellos y no encontraba nada que hacer que la distrajera.

Al menos Damon había tenido la deferencia de quedarse al margen. Se había encerrado en su habitación con el portátil y se había pasado la tarde trabajando, ajeno a la masa que aguardaba en el exterior.

A la caída de la tarde, Sarah todavía no había tomado una decisión. Sabía que tendría que decantarse por una de las opciones. A la mañana siguiente sería lunes y tendría que salir de casa para ir a la galería. Se estremeció ante la idea de atravesar la puerta y encararse con los periodistas. ¿Qué diría? ¿Acaso la seguirían hasta la galería?

Vaya, chico. ¡Eso le encantaría a Rhys!

Cruzaba el vestíbulo en dirección a la cocina, ajena a las bolas de papel que descansaban sobre el felpudo de entrada con ofertas por una exclusiva, cuando el cascabel del buzón anunció que el periódico de la tarde había llegado. Sarah lo sacó del cajetín al instante y lo desenrolló.

Un rápido vistazo a la portada bastó para que subiera las escaleras a toda prisa.

Damon observó con recelo la pantalla del ordenador y maldijo en griego el teclado cuando comprendió que había pulsado las teclas equivocadas. Tendría que empezar de cero. Y se suponía que era un trabajo sencillo.

Bueno, ¿y qué esperaba? No tenía la mente puesta en la tarea. En realidad, estaba concentrado en algo diametralmente opuesto. Toda su atención estaba fijada en la mujer del piso de abajo y no había nada que pudiera hacer para quitársela de la cabeza. Veía su rostro en la pantalla del portátil, sobreimpresionada en la hoja de cálculo en la que estaba trabajando. Su perfume flotaba en toda la casa e impregnaba cada rincón. Y recordó su cuerpo, caliente y suplicante, cuando pasó junto a su dormitorio camino de la cocina para prepararse otra taza de café.

Las sábanas y la colcha estaban tiradas en el cesto de la ropa sucia. Pero solo la visión de la habitación, con ropa de cama distinta, enardeció su cuerpo, calentó su sangre y lo llevó hasta un punto en que estuvo cerca de expresar su frustración con un feroz gruñido. Todavía saboreaba su piel en los labios y le asaltaba la imagen de sus pechos desnudos, libres, tan cerca de su boca...

–*¡Ohi, ohi!* –musitó y sacudió la cabeza con fuerza–. No, no, no.

Tenía que recuperar el control y distraerse.

«¡Piensa en Jason! Piensa en ella con él. Seguro que eso...».

La puerta se abrió de par en par y la mujer de sus pensamientos irrumpió en el dormitorio, la melena al viento y las mejillas sonrojadas.

–¿Qué demonios...?

La brusquedad con que lo habían arrancado de sus incómodas fantasías para enfrentarlo a la realidad que alimentaba sus pesadillas hizo que perdiera el control y emergiera su mal carácter.

–¿Qué estás haciendo aquí? –preguntó iracundo–. ¿Qué quieres?

Sarah devolvió la mirada sin miedo. Estaba claro que tenía otras cosas en mente.

–Ese asunto de «hacer que parezca real», ¿en qué consiste? –preguntó.

–¿*Ti?* –dijo Damon, que durante unos segundos solo recordó su lengua materna–. ¿Qué? ¿De qué diablos estás hablando?

El aire silbó entre los dientes de Sarah en señal de exasperación. Pero contó hasta diez mentalmente y contestó la pregunta con más calma de la que Damon había demostrado un momento antes.

–Esa idea que se te ha ocurrido –explicó con insultante calma–. Eso de que finjamos que somos amantes para distraer a esa manada de buitres que están ahí fuera. ¿Hasta dónde pensabas llegar? Me refiero a que no pensarías que nosotros...

Desvió la mirada hacia la cama y después volvió a él, cada vez más sonrojada.

–Bueno, que nosotros...

«Piensa en Jason. Sarah y Jason, juntos».

–¿Qué durmiéramos juntos? *¡Kristos, no!* No se me había pasado por la cabeza.

Su conciencia le reprochó que fuera un mentiroso. Pero quizá ahora no estuviera tan alejado de la verdad. La idea de Jason con Sarah en la misma cama había surtido efecto. De hecho, la sola idea de acostarse con ella le producía náuseas.

–Así pues, solo se trata de una farsa. ¿Una relación fingida?

–Por supuesto.

Damon habría supuesto que esa respuesta habría logrado que ella se sintiera mejor. Imaginaba que aliviaría la tensión de su cuerpo y la ansiedad en su mirada. Pero la verdad era que su aspecto era cada vez peor.

–Una simple actuación para que los diarios tuvieran algo de qué hablar. Eso es todo.

Damon estudió la expresión de Sarah y el túmulo de emociones que sus grandes ojos verdes no acertaban a camuflar. Había en ellos alivio y un cierto desafío.

–¿De qué se trata, Sarah? –preguntó, incisivo–. ¿A qué viene este interrogatorio? ¿Estás dispuesta a seguir el plan original? ¿Piensas acompañarme a París?

Ella se limitó a asentir en silencio mientras desenrollaba el periódico y lo desplegaba en la mesa frente a él.

Damon encontró enseguida lo que Sarah quería mostrarle. Era difícil ignorarlo.

Las dos fotografías cubrían la mitad de la portada. Ambas se habían tomado esa mañana, en la entrada de la casa.

La primera recogía el momento del beso. Los dos abrazados, las cabezas unidas y una sensualidad latente, salvaje y directa, que saltaba a la vista.

Al ver la fotografía, Damon cerró los ojos un instante y masculló algo en griego entre dientes. Después miró la otra foto.

Sarah y él, naturalmente. Juntos.

Pero, en esa ocasión, retrataba el momento en que había sostenido a Sarah y la cabeza de ella había caído inerte sobre su brazo. Sabía que ella había sufrido una suerte de conmoción por lo que había hecho y el modo en que la había besado. Y que la terrible experiencia de convertirse en centro de atención por primera vez en su vida había arruinado emocionalmente su espíritu.

Pero en la fotografía parecía que no tuviera ojos para nadie más que él. Parecía que lo estaba mirando con los ojos atónitos y una expresión devota. Y el modo en que su cuerpo se amoldaba a él solo alimentaba esa misma idea.

El titular que coronaba las fotografías era inequívoco.

Tiene que ser amor, declaraba con la seguridad de que solo podían interpretarse de ese modo las dos instantáneas.

–Vaya –fue lo único que dijo.

–Sí, vaya –repitió ella sin ninguna emoción en la cara ni en la voz–. Espero que esto responda a tu pregunta. Sí, iré a París contigo. De hecho, creo que no me queda otra alternativa.

Capítulo 7

DAMON, no!

Sarah se detuvo en medio de la enorme y lujosa habitación de hotel. Se encaró con él furiosa, sus ojos verdes como ascuas, la mandíbula firme y el mentón orgulloso.

–No voy a dormir aquí. De ninguna manera.

Un dramático movimiento de la mano señaló la enorme cama que se ofrecía en la pared opuesta. Dominaba el espacio que se abría entre ellos y el ventanal que, a la luz del día, ofrecía unas maravillosas vistas sobre el río Sena y la ciudad de París. Pero ahora, en mitad de la noche, solo se veía una miríada de luces de todos los colores y tamaños. Hasta el ático en que se encontraban no llegaba el ruido del tráfico ni la bulliciosa actividad nocturna de la ciudad.

–¡Dijiste que tendríamos habitaciones separadas! Y que no dormiríamos juntos. No voy a...

–¡Yo no dije nada de eso! –interrumpió Damon, que avanzó desde la habitación contigua y se situó a su lado–. ¿Por qué iba a hacerlo? Se supone que somos amantes, por el amor de Dios. ¿Quién se lo iba a creer si lo primero que hacemos al llegar a una de las ciudades más románticas del planeta es pedir habitaciones separadas? Tiene sentido, ¿no te parece?

–Hablo con sentido –protestó Sarah–. Al menos, la clase de sensatez que me interesa. Dijiste que no dormiríamos juntos...

–Me refería a que no haríamos el amor.

–Bueno, si solo se te referías a que no mantendríamos relaciones sexuales... –Sarah enmendó la frase con un regusto ácido– tendrías que haberte mostrado más claro. Pensé que te referías a que no dormiríamos en la misma cama. Y, como suponía que la suite del ático tendría más de una cama, no creí que hubiera problemas. Al fin y al cabo, nos hemos registrado juntos. Y hemos subido juntos. Nadie sabrá lo que ocurra aquí dentro, entre nosotros.

–¿Y qué hay del servicio? Vendrá para limpiar la suite y...

–Soy muy capaz de hacerme la cama. Puedo reco gerlo todo sin dejar rastro. Y si dejo toda mi ropa en la habitación, nadie sospechará nada raro. No tendría que suponer un problema –añadió Sarah.

–Bueno, ahora tampoco habrá ningún problema. Solo hay una habitación y una cama que vamos a compartir.

–¡No!

Sarah negó con la cabeza y, para mayor énfasis, también meneó la mano.

–Puedes dormir en el sofá de la sala o en el suelo.

–De eso nada.

Era el turno de Damon para negar con la cabeza.

–Se supone que somos amantes. Y los novios comparten la cama. Compartiremos esta cama. Hay sitio de sobra.

Sarah tuvo que aceptar que había muchísimo espacio. Era una talla mayor que la cama imperial. Pero el tamaño no la preocupaba, sino la intimidad de ese acto. Pese a la distancia, estaría acostada junto a Damon. Y esa sola idea disparaba su pulso como un cohete a reacción.

–No quiero este...

–¡Ya lo has dejado claro! –bramó Damon–. Pero, a decir verdad, me importa muy poco lo que quieras. Estoy cansado y necesito pasar una buena noche. Incluso si estuviera dispuesto a dormir en el sofá, que no es el caso, es demasiado pequeño para alguno de mi estatura. Así que dormiré en la cama.

Sarah sintió un pellizco en la conciencia mientras estudiaba a Damon.

La verdad era que parecía cansado y no era una sorpresa. Sabía que la noche anterior apenas había descansado. Se había retirado a su habitación muy tarde y lo había escuchado cuando se había despertado en medio de la noche. Y cuando ella se había vestido, Damon ya estaba en la cocina, el portátil sobre la mesa. Parecía que llevara un buen rato ensimismado en el trabajo.

–Trabajas demasiado –dijo Sarah–. Deberías frenar un poco el ritmo.

–Mi padre ha estado enfermo. Finalmente, el médico lo ha convencido para que delegue algunas de sus empresas en mí.

–Seguro que no le ha hecho gracia –señaló Sarah.

Aristóteles Nicolaides era un hombre chapado a la antigua. Creía que nadie podía llevar sus negocios mejor que él, ni siquiera su propio hijo. Y no le había gustado que Damon hubiera llevado a la casa a alguien ajeno a la familia. Pero al menos el viejo había sido honesto con ella. Algo que no podía decir de Damon.

Los recuerdos afloraron como heridas abiertas y Sarah se apartó de Damon. Dejó el bolso sobre el tocador y fingió que examinaba el vestidor, donde había sitio suficiente para todo un regimiento.

–¿Y cómo está Eugenia?

Fue incapaz de reprimir las palabras que surgieron de sus labios. El denso silencio que siguió resultó muy elocuente. Sentimientos de miseria asaltaron su ánimo mientras aguardaba una contestación.

–¿Damon? –repitió y balanceó la puerta para estudiar su reflejo en el espejo, totalmente inmóvil, hipnotizado por esas palabras.

–¿Eugenia? –dijo con verdadero esfuerzo–. ¿Por qué me preguntas por ella?

¿Qué había impulsado a Sarah a meter a Eugenia en la conversación? Damon interpretó eso como una sorpresa mayúscula. Era como si ella hubiera comprendido de algún modo sus preocupaciones de la noche anterior, la llamada de teléfono que había recibido en su móvil a primera hora.

–Solo me preguntaba cómo estaba –dijo Sarah.

Había algo extraño en el tono de su voz. Algo que no lograba discernir con claridad. Quizá lo hubiera descubierto si hubiera pasado una buena noche. Pero desde que había aterrizado en Londres no había pegado un ojo, acosado por las imágenes de Sarah. Y la noche anterior no había sido distinta. La llamada de Genie había tenido la culpa. Y ahora soportaba un terrible dolor de cabeza.

–No sabía que la conocieras tanto.

Damon intentaba recordar qué clase de relación habían tenido las dos mujeres. ¿Se habían hecho confidencias? ¿Habrían compartido secretos?

–Creo que solo coincidisteis una vez, si no me equivoco.

–¿Y?

Ahora había empleado un tono claramente agresivo, pero no entendía el motivo. ¿Tanto la había molestado?

–No te molesta que te lo pregunte, ¿verdad?

–Claro que no.

Tenía que andarse con cuidado. Si metía la pata podría desencadenar un montón de problemas. ¡Si no se lo hubiera prometido a Genie!

–Eugenia está bien –dijo con calma–. Celebró la fiesta de su vigésimo tercer cumpleaños la semana pasada. Ha crecido mucho estos últimos meses y se ha convertido en una mujer muy atractiva.

–Siempre ha sido... encantadora.

Sarah merodeaba por la habitación mientras repasaba la superficie pulida de los muebles y trazaba la forma de un jarrón de porcelana.

–¿Y cómo está su padre? Creo que también ha estado enfermo, ¿no? ¿Un infarto?

–Sí. Ha estado ingresado en el hospital, pero ya está en su casa.

Sarah se había desplazado hasta el lateral de la cama mientras probaba que las luces funcionaran correctamente. Después, sin interés, tomó el mando a distancia del televisor y empezó a apretar los botones. Esa frenética actividad estaba agobiando por momentos a Damon.

–Tiene que tomarse las cosas con calma, pero... ¿Tienes que hacer eso?

–¡Lo siento!

Sarah apagó el equipo de música que había encendido por error y dejó el mando sobre una silla.

–No, ha sido culpa mía –señaló Damon–. No estoy de muy buen humor. La cabeza me va a estallar. No tendrás algo para el dolor, ¿verdad?

–Tengo paracetamol en el bolso –indicó.

Sarah hurgó en el interior de su bolso y le entregó unas tabletas.

–No tienes muy buen aspecto.

–Anoche no pude dormir –dijo Damon.

–¿Por qué? Mi abuela siempre decía que una mala noche siempre se debía a una conciencia culpable –apuntó Sarah.

El comentario parecía inocente, pero había algo que obligó a Damon a detenerse cuando se dirigía hacia el cuarto de baño a por un vaso de agua.

–¿Y por qué iba a sentirme culpable?

–¿Cómo quieres que lo sepa?

Ella se había dado la vuelta y estaba abriendo la cremallera de su maleta. Habló con naturalidad, indiferencia incluso. Pero entonces se paró y lo miró por encima del hombro con ojos perturbadores. Un segundo más tarde parpadeó y esa extraña mirada se desvaneció al instante. Damon no supo si lo había imaginado o la luz le había jugado una mala pasada. Ahora solo parecía interesada en colocar algunas blusas en el cajón de la cómoda.

¡Demonios, necesitaba esas pastillas!

Ya había llenado el vaso y estaba tomándose las pastillas cuando le llegó nítida la voz de Sarah desde el salón.

–A no ser que tengas algo que confesar.

–¿Debería?

De vuelta al salón, miró a Sarah a la cara. Pero su expresión no revelaba nada y frunció el ceño con cierta extrañeza.

–¿Intentas demostrar algo, Sarah?

–¿Yo? En absoluto.

Pero parecía que quisiera fastidiarlo de algún modo.

–¿Se trata de una especie de interrogatorio?

Ella lo miró con unos ojos que encarnaban la inocencia.

–Solo si tú lo interpretas de ese modo. Hay un dicho en Inglaterra. «Quien se pica, ajos come». Significa que...

–¡Sé perfectamente lo que significa! –gruño Damon–. Hablo suficiente inglés. Y si tienes algo que decirme, preferiría que no te anduvieras con rodeos. No tengo ganas de adivinanzas ni gaitas.

–Entonces, ¿tu mala noche no se ha debido a un problema de conciencia?

–¡Desde luego que no! Salvo que pienses que debo sentirme culpable por algunas mentiras que he contado a la prensa y que he inventado para protegerte.

–Ya lo sé. Y te lo agradezco.

¿Cómo lo había conseguido? Sarah no estaba segura, pero había desviado la conversación hacia su comportamiento ejemplar con los periodistas. Y ella solo deseaba saber si Damon era consciente de su aventura con Eugenia.

De momento no había metido la pata. Era algo que Sarah tenía que reconocerle. Desde el momento en que habían cruzado el umbral de la puerta para enfrentarse a las cámaras y los micrófonos, las preguntas sin cese, Damon había mantenido el control de la situación. Había respondido las preguntas con amabilidad y una sonrisa. Se había mantenido fiel a la historia que habían ideado con detalle la víspera.

Y había mantenido la promesa a la perfección.

–Te prometo que, vayamos a donde vayamos, siempre que tengas que enfrentarte a la prensa, estaré a tu lado para ayudarte –había dicho.

Y había cumplido su palabra. Antes incluso de que abriera la puerta, Damon había tomado su mano para infundirle seguridad y ella se había cobijado en la calidez de su palma. Habían salido al exterior juntos, igual que un equipo. Y Sarah no había tenido que decir ni una palabra. Tan solo se había movido al compás que él había marcado y había sonreído a las cámaras en respuesta a un leve toque en las costillas.

Y cuando se había sentido acorralada y el pánico se había aferrado a la boca del estómago, Damon también lo había notado. No había dejado en el aire una respuesta, pero había rodeado con el brazo su frágil figura para ofrecerle la protección de su cuerpo. Solo había podido apoyar la mejilla en su pecho. Solo había podido rodear su cintura con los brazos. Y se habían movido al unísono, cegados por las luces, pero seguros de que se abrirían paso hasta el coche y saldrían de allí.

Había cumplido con su promesa y nunca había abandonado. Había permanecido a su lado hasta que habían subido a su avión privado y las puertas se habían cerrado. Entonces, Damon se había separado de ella y Sarah se había sentido sola, perdida.

La cruel ironía de toda esa situación era que, ahora que eran oficialmente amantes, Damon estaba tratándola con el respeto y el cariño que hubiera merecido siendo su esposa. Pero eso nunca había ocurrido.

Pese a todo, había cuidado de ella todo el día. Y Sarah no se lo había agradecido.

–Me has ayudado mucho hoy –dijo, pese a que sus palabras sonaron tiesas y algo forzadas.

Estaba demasiado rígida por el modo en que Damon había zanjado su interrogatorio sobre Eugenia. ¿No se daba cuenta de que le había ofrecido la posibilidad de confesarse? ¿No había comprendido adónde quería llegar? ¿O acaso no acusaba el menor trazo de culpabilidad por el modo en que se había aprovechado de ella para sus propios fines?

–Te lo agradezco –añadió.

Eso no resultó mucho mejor. Y Damon pensó lo mismo a tenor del gesto severo que adoptó al unir las cejas.

–No ha sido nada –replicó con velada ambigüedad.

Se llevó dos dedos de cada mano a las sienes para atenuar el dolor de cabeza y Sarah sintió un cierto malestar por sus modales.

–¿No te sientes mejor?

–Todavía no. Seguramente me vendría bien comer algo. Hay una carta en algún sitio. ¿Por qué no le echas un vistazo y pides cualquier cosa que te apetezca?

Sarah no sabía si estaba exagerando sus sospechas, pero Damon había conseguido que dejaran de lado los temas espinosos. Primero había desviado el tema de la cama. Después se había escabullido del interrogatorio sobre Eugenia y ahora se interesaba por la comida.

Pero admitió que Damon había perdido su habitual robustez. Parecía exhausto y tenía bolsas bajo esos increíbles ojos negros. Había perdido el brillo en la mirada.

Una tregua no haría ningún daño. Además agradecería un momento de paz tras dos días que habían convulsionado su vida por completo.

–¿Cuándo te tomaste un respiro del trabajo por última vez? –preguntó después de que llevaran la comida, sentados a la mesa, compartiendo un maravilloso vino tinto.

–El año pasado, en mayo –replicó con dureza.

Se habían conocido en mayo y ella había caído rendida a sus pies. Sarah había suspirado por su amor y él solo se había interesado en su firma para la adquisición de un terreno muy valioso.

–Y fueron unas vacaciones muy trabajadas –dijo como una ocurrencia que cayó bastante mal en el ánimo de Damon.

Este suspiró y clavó el tenedor en su chuleta de ternera.

–No me tomé ese descanso para conquistarte y que te casaras conmigo.

–Nunca lo pensé. Querías mi herencia. Pero supongo que pensaste que el destino te sonreía cuando viste que lograrías lo que buscabas si te casabas conmigo.

La nota de traición tenía un regusto ácido y se cebó en heridas que se habían abierto cuando Damon había aparecido nuevamente en su vida.

–¿Qué dicho tienen en Grecia acerca del valor de las cosas? «Primero la tierra, después el dinero y solo en tercer lugar, las mujeres». ¿Valió la pena nuestro matrimonio a cambio de algo que tu familia ha anhelado desde hace generaciones?

–Habría jurado que había llevado más tiempo –dijo con una sonrisa vacía.

Creía que realmente había encontrado a la mujer de su vida. Una sola mirada había bastado para que supiera que su vida no volvería a ser la misma. ¡Y ella se había aburrido en seis meses!

Sintió que perdía el apetito. Apartó la silla, tiró el tenedor sobre el plato y se levantó.

–¿No tienes hambre?

La sorpresa de Sarah resultó hiriente. Recordó los primeros días de su vida en común, cuando había bromeado sobre su insaciable apetito.

–No.

Se hundió en el sofá y apoyó la cabeza en el respaldo, la mirada en el techo.

Parecía que seis meses eran el límite para Sarah. Se había cansado de él en ese tiempo. Había regresado a Londres y, seis meses más tarde, otro hombre. Jason...

–¿Dónde crees que estarás dentro de seis meses?

–¿Cómo?

Levantó la vista y miró a Sarah, que seguía sentada a la mesa. Parecía desconcertada.

–Es una pregunta muy sencilla. ¿Dónde crees que estarás dentro de seis meses? Obviamente, no estarás con Jason.

–¡Por supuesto que no! –dijo con un escalofrío–. Nunca volvería con él.

–Y entonces, ¿con quién? ¿Qué hay de ese tipo que dirige la galería? ¿Morgan?

–¿Te refieres a Rhys? No. Es un gran tipo, pero tiene sus propios problemas.

Sarah se levantó de la mesa y se sentó frente a él. Traía las dos copas de vino.

–Toma –dijo y le alcanzó la copa–. Creo que debería hablarte de Jason.

Damon cerró los dedos sobre la delicada base de la copa hasta que sus nudillos se volvieron blancos. Estaba seguro de que la copa reventaría entre sus dedos.

–¡Jason no me importa lo más mínimo!

¿Acaso pretendía engañarse? La idea de Sarah con ese tipo se le había atragantado desde que lo había visto saliendo de su habitación. Nunca se había librado de esa imagen. ¡Y lo había intentado!

–Pues voy a contarte la verdad sobre él, te guste o no.

Sarah bebió un buen sorbo de vino y Damon estuvo a punto de imitarla para fortalecer el ánimo. Pero no sabía si podría tragárselo y prefirió no correr ese riesgo.

–Nunca ha sido mi amante. Ni siquiera éramos novios. Tan solo salimos en un par de ocasiones. Le pedí que se quedara en mi casa para atender un envío que estaba esperando –explicó Sarah.

–¡Ya! –exclamó, contento de su decisión anterior, porque habría escupido el vino.

–Suponía que no me creerías.

Damon estuvo tentado de recordarle que había otro dicho en Inglaterra acerca de tomar el pelo a la gente. Pero entonces ocurrió algo inexplicable.

Al mirarla a los ojos tuvo la certeza absoluta de que había dicho la verdad. Frenó el impulso primitivo y cambió sus palabras en el acto.

–Está bien. Te creo.

Ahora fue Sarah quien se quedó de piedra con la copa de vino en el aire. Miró a Damon fijamente, parpadeó y tragó saliva.

–¿Qué...? –apuntó, pero su voz se quebró.

–Te creo.

–Pero ¿por qué?

–¿Por qué? No estuve casado contigo cinco meses para nada. Sé cuándo mientes.

¿Sería cierto? Sarah notó cómo se le paraba el corazón, pero pronto se aceleró el pulso de su latido. ¿Damon sabía cuándo ella mentía? Buscó en su memoria las cosas que le había dicho en los últimos dos días y cuando él la había seguido, tras su huida de Mykonos.

¿Qué había dicho?

Pensó en ello. Bebió otro trago de vino, que pasó sin dificultad por su garganta.

–¿Y cuándo te he mentido? –le retó.

Damon dejó la copa sobre la superficie de cristal de la mesa con sumo cuidado. Se inclinó hacia delante, la mirada segura clavada en ella, e inició una lista.

–Mentiste cuando dijiste que te gustaba bastante el sabor de la retsina y cuando aseguraste que no temías volar, que habías viajado en el pasado.

Señaló cada hecho con un dedo de su mano izquierda.

–Mentiste cuando me dijiste que te encantaban las joyas de oro cuando, de hecho, prefieres la plata. Y...

–Está bien. Ya lo has dejado bastante claro.

Así que lo notaba. ¿Qué le había dicho?

Había asegurado que se había marchado por el engaño sobre la tierra. Era cierto, hasta cierto punto. Había dicho que lo odiaba y así había sido. Había dicho...

–Y cuando dijiste que no te importaba que mantuviéramos en secreto nuestra boda durante una temporada –apuntó Damon.

–¿Qué?

Sarah sintió cómo perdía el color y notó los ojos abiertos de par en par. Pero no podía concentrarse en sus atractivos rasgos. Todo estaba borroso mientras luchaba por aceptar que Damon siempre había sabido lo que ella pensaba. Se había sentido dolida ante la idea de que tuviera que ocultar la boda que tanta felicidad le había proporcionado. O que no pudiera mostrar el anillo que tan orgullosamente lucía en su dedo. Cuando Damon le había puesto la alianza y el párroco los había declarado marido y mujer, había creído que se desmayaría de puro gozo, envuelta en un halo de éxtasis. Había resultado muy duro guardar la alianza en el joyero hasta que Damon le diera permiso para lucirlo en público.

–Dijiste que se debía a una antigua disputa entre tu padre y mi abuelo.

–Un enfrentamiento entre nuestras familias durante generaciones. Y por la suerte de escándalo que proporcionaría a la prensa. La clase de acoso que has soportado estos dos últimos días.

Eso sonaba muy cierto. Decidió que hubiera sido un asunto a considerar después de lo que había sufrido desde que Jason se había ido de la lengua.

–Esa rivalidad familiar, ¿de qué se trata? –preguntó Sarah.

–Bueno, ya sabes. La clase de cosas que valoran los griegos –dijo con cierta ironía–. La tierra, el dinero y, en último lugar, las mujeres.

Sarah se estremeció ante la crueldad de su tono. Había creído en esa historia de rivalidades familiares. Y en parte era cierto. Había escuchado historias en boca de su abuelo antes de su muerte. Pero ahora sabía que la motivación de Damon había sido muy diferente.

No había querido que Eugenia Stakis y su padre supieran nada de su pragmática boda. Sobre todo desde que había planeado librarse de su esposa lo antes posible para casarse con la joven heredera e incrementar su fortuna.

Primero la tierra, luego el dinero y, por último, las mujeres.

–Una pena que no siguieras la tradición de enemistad entre nuestras familias –dijo, animada por el intenso dolor de los recuerdos–. Ambos habríamos sido más felices.

–¿Estás segura?

–¡Desde luego!

Al recordar que Damon sabía cuándo mentía, bajó los ojos y miró la copa de vino mientras el rojo elemento giraba en el fondo. Pero entonces una idea terrible golpeó su cerebro, y Sarah levantó la vista agonizante hacia las inescrutables facciones de Damon.

–Salvo que permanecieras fiel a esa rivalidad todo el tiempo. ¿Fue así, Damon? ¿Estabas vengando el honor de la familia? ¿Planeaste casarte conmigo para hacerte con ese terreno y después divorciarte?

Las palabras murieron, sofocadas por el impacto de la copa de Damon sobre la mesa de cristal. Estalló en mil pedazos y el vino se derramó sobre la superficie de la mesa como una mancha de sangre fresca. Damon apenas se fijó en el estropicio. Su terrible mirada estaba clavada en la cara pálida de Sarah.

–Si eso es lo que piensas, has perdido el juicio –dijo con calma, pero con tanta intensidad que Sarah se encogió en la silla.

–Yo... –mascculló, pero Damon ignoró su amago.

–¿Acaso tengo que recordarte que fuiste tú quien me abandonó a mí? Mientras estaba en viaje de negocios. Ni siquiera tuve la oportunidad de defenderme.

–¡Ah, claro! Y te habrías arrastrado para suplicarme el perdón, supongo –contestó ella, consciente de lo que sabía y ajena a la reacción de Damon.

Tuvo la tentación de arrojarle a la cara toda la verdad, pero su estúpido orgullo se lo impidió. Ya era bastante malo que se hubiera aprovechado de ella para sus intereses. Sería demasiado duro si se enteraba de que también conocía lo de Eugenia y la total humillación que había recibido.

–¿Me habrías suplicado que volviera a tu lado?

Parecía que el rostro de Damon se hubiera esculpido en una roca de granito. Incluso sus ojos parecían sin vida. Pero una vena en la sien certificaba su ira.

–Bueno, puesto que no estabas en casa esperándome, supongo que nunca lo sabrás.

Se volvió con una fuerza tremenda, dio una patada a la mesa y se dirigió hacia la puerta de la habitación.

–¡Dios mío, cómo no me va a doler la cabeza! La única sorpresa, *ghineka mou*... –y empleó esa afectuosa palabra como un arma arrojadiza– es que cuando estás cerca, todo desaparece. Me llevas a lamentar que fuese a Londres.

–Ese sentimiento, *andhras mou* –dijo Sarah con las únicas dos palabras que había aprendido y que significaban «mi esposo»–. Ese sentimiento es mutuo. No sabes hasta qué punto lamento que hayas vuelto a mi vida.

–Pues lo he hecho y, debido a mis pecados, estamos condenados a seguir juntos.

De pronto la máscara de furia desapareció y Sarah lo miró con incredulidad cuando echó la cabeza hacia atrás y rompió a reír.

Pero era una risa fría, distante. Era tan brutal, tan cínica, que se le heló la sangre en las venas.

–Es una lástima que estemos encerrados aquí arriba, lejos del ojo público. De lo contrario, esta habría sido la oportunidad idónea para anunciar la ruptura que tanto deseamos. Más que nunca. Pero, puesto que no tenemos audiencia, tendremos que mantener esta farsa.

Se llevó la mano a la cara y se frotó los ojos en un gesto que aunaba cansancio y frustración. Pero quizá solo se tratara de malhumor.

–Me voy a la cama –anunció con voz firme–. Y eso no se discute.

Sarah no se atrevió a discutirlo. Se quedó en el sitio,

en silencio. A tenor del estado de ánimo de Damon, sabía que corría el riesgo de que la hiciera pedazos si emitía la menor protesta.

Pero eso no significaba que la idea la hiciera feliz.

Después de que Damon entrara en el baño y abriera el grifo de la ducha, Sarah se relajó y empezó a reflexionar.

Podía quedarse con el sofá que le había ofrecido antes a Damon. Quizá fuera un mueble elegante, pero no era lo más cómodo para el descanso. Y era demasiado pequeño para ella, así que resultaría incómodo para él.

Así que tenía que ser la cama. Tal y como él había asegurado, había espacio de sobra para los dos. Si se quedaba cada uno en su lado, ni siquiera tendrían que tocarse.

–¡Por supuesto!

La inspiración le llegó de pronto y se incorporó de un salto. Corrió hacia la habitación, tomó tres de las almohadas y construyó una barricada de plumas en el centro de la cama. Así evitaría cualquier acercamiento por parte de cualquiera.

–¡Eso es!

Supervisó su trabajo con satisfacción y asintió en un gesto aprobatorio. La barrera funcionaría mejor como símbolo que como auténtico obstáculo, pero al menos estaba allí. Y eso la hacía sentirse mejor.

Había terminado cuando se abrió la puerta del baño y apareció Damon. La visión de su cuerpo aceleró el pulso de su corazón.

Llevaba tan solo una toalla enrollada a la cintura. La blancura de la toalla resaltaba la piel bronceada de su cuerpo. Tenía el pelo húmedo y algunas gotas de agua brillaban, suspendidas en sus pestañas como diminutos diamantes.

Mientras sopesaba la improvisada frontera que había construido, se dibujó una mueca en la comisura de sus labios que podría haber sido una sonrisa o simple desprecio.

–Ya capto el mensaje, *agape mou* –deslizó las palabras con ironía–. Pero no hacía falta. Nunca has estado más segura que esta noche.

Entonces, sin ningún miramiento, se quitó la toalla y se acostó.

–Buenas noches, esposa –dijo, y cerró los ojos.

Sarah entró en el cuarto de baño y permaneció un siglo hasta que salió de nuevo. Su estrategia había funcionado. Damon parecía dormido, relajado y respiraba con normalidad. No creía que pudiera imitarlo. Estaba tan tensa después de los acontecimientos que no creía que pudiera conciliar el sueño.

Pero no podía haber estado más equivocada. Tan pronto como se deslizó entre las sábanas, consciente de la barrera contra su espalda, la tensión se desvaneció y se adormiló enseguida. Después se sumió en un sueño profundo que la alejó de las preocupaciones durante unas horas.

Solo mucho más tarde, a primeras horas de la mañana, algo inesperado sobresaltó a Sarah.

Capítulo 8

SARAH estaba soñando.

Algo estaba ahogándola. Había algo grande y blando presionado sobre su nariz y su boca que le impedía respirar con normalidad. Estaba luchando desesperadamente contra eso, aferrada con ambas manos para quitárselo de encima.

Pero, de pronto, logró un fuerte agarre. Y levantó esa cosa que la oprimía permitiendo la entrada del preciado oxígeno...

Un último esfuerzo le sirvió para apartar totalmente el objeto, que sujetó en el aire y arrojó lejos de ella.

Pero todavía se encontraba perdida y asustada. Se estremeció en mitad de su sueño, removiéndose, hasta que una mano le acarició el brazo.

–Sarah... –dijo una voz, suave y grave.

Y, en una respuesta instintiva, se quedó muy quieta. Después se giró sobre la cama en busca del calor y la protección de ese par de brazos fuertes. Se acurrucó junto a él mientras su cuerpo en tensión se relajaba y recuperaba el ritmo pausado de la respiración. Los brazos la rodearon y la atrajeron más cerca. Tras un leve suspiro, se sintió nuevamente en paz.

El sufrimiento de Sarah había despertado a Damon. Estaba llorando en su sueño y parecía inmersa en una terrible pesadilla. De pronto había agarrado una de las almohadas que habían edificado la improvisada frontera y, tras levantarla en el aire, había arrojado el almohadón con todas sus fuerzas lejos de ella.

–Vamos, Sarah. ¡Cálmate! –dijo–. Es solo un mal sueño.

Todavía con los ojos cerrados, se volvió hacia él en busca de confort. Y entonces, para horror o deleite del propio Damon, ella se había movido hacia él igual que una criatura asustada en busca de un santuario. En mitad de su sueño, ignoraba por completo qué había a la izquierda de la barrera. De hecho se limitó a girar sobre la cama hasta acomodarse entre sus brazos.

En una respuesta instintiva, Damon abrazó su esbelta figura contra su pecho.

Y al instante supo que había cometido un tremendo error.

–¡*Theos!* –musitó con voz ronca.

¿Qué había hecho? Pero ¿por qué lo preguntaba? Sabía lo que había hecho. Tan solo se había guiado por sus instintos más básicos. Esos mismos instintos que habían pugnado por liberarse del yugo al que se habían visto sometidos desde que había visto a Sarah saliendo de su coche en Londres, frente a su casa, unos días antes.

Su irrefrenable deseo en ese momento había sido abrazarla fuerte contra él y besarla hasta que ambos hubieran perdido el sentido a causa de la pasión y la urgencia. Pero, desde luego, se había visto obligado a evitar la tentación. Y había tenido que reprimir esa necesidad que lo asaltaba solo con compartir la misma habitación con ella.

Esa misma urgencia que ahora lo devoraba sin remisión.

–¿Sarah?

Pronunció su nombre como un suspiro. No quería asustarla, pero quería que se despertara y tuviera conciencia de la situación. Si lo hacía, se apartaría de él al instante. Volvería a su lado de esa estúpida frontera en el otro lado de la cama.

Y se libraría del tormento que suponía tenerla entre sus brazos con el cuerpo en estado de extrema excitación.

Pero ¿acaso no era verdad que no deseaba librarse de ese tormento?

¡Demonios!

Damon cerró los ojos ante la seducción de ese pensamiento, pero enseguida los abrió de nuevo, lentamente. La plena oscuridad solo empeoraba las cosas. Aumentaba la sensibilidad de su cuerpo y se sentía totalmente incapaz de cualquier pensamiento más allá de la dulzura de la piel de Sarah y su cuerpo menudo. Llevaba un camisón largo, sencillo, que le llegaba hasta los tobillos si se ponía de pie. Pero, tumbada, la tela se había subido por encima de sus muslos y las piernas desnudas descansaban entrelazadas con él.

Era un camisón sin mangas. Llevaba, pues, los brazos al aire y el aroma de su cuerpo ascendía hasta sus fosas nasales. Era una mezcla de piel femenina y algún jabón levemente perfumado que lo invitaba a gruñir de placer. Si se movía un poco, podía hundir la cara en la suavidad sedosa de su melena. Sentiría la caricia de esos mechones contra la textura áspera de la incipiente barba. Y notaría en su cuello el aliento cálido de su respiración igual que una caricia, tan leve como el roce de una mariposa al vuelo.

Estaba indeciso y no sabía si deseaba que ella despertara.

Sus pensamientos se congelaron cuando ella se estiró entre un murmullo. Escuchó un largo suspiro y, entonces, el corazón dejó de latir en su pecho cuando sintió la caricia leve de sus labios presionados en un beso contra su cuello.

Intentó tragar saliva, pero tenía la boca seca. Sentía la garganta en carne viva.

«Piensa en Sarah y Jason. Sarah y Jason». Ya había funcionado una vez. Había aniquilado el deseo por completo...

Pero esa vez no surtió efecto. Ella le había asegurado que Jason nunca había sido su amante y había creído en su palabra. Había creído en ella.

Sarah se estiró de nuevo y Damon se asustó cuando sus manos comenzaron a recorrer su cuerpo. Todavía dormida, los ojos cerrados, exploraba su torso con leves caricias; con los dedos dibujaba sus músculos, el pecho, las costillas.

Solo podía quedarse ahí tumbado y aguardar acontecimientos. Si reaccionaba con brusquedad, Sarah podría sobresaltarse. Y solo Dios sabía lo que pensaría si, al despertarse, se encontraba al otro lado de la frontera, entre sus brazos.

Y consciente de la extrema excitación de su cuerpo.

Porque, desde luego, estaba muy excitado. Era una sensación intensa, furiosa, dolorosa. No solo era una cuestión física, sino que anticipaba el vacío que sentiría si ella se despertaba y se apartaba de él al instante. Estaba convencido de que, tras la discusión de esa noche, Sarah lo rechazaría de inmediato.

–Damon...

Había susurrado su nombre en sueños. El sonido de su nombre en sus labios, en esa intimidad cálida y oscura de la cama compartida que le recordó a esos gloriosos primeros días de su matrimonio, se clavó en su alma malherida.

¡Dios Santo! Deseaba tanto a esa mujer...

–Damon...

Las manos de Sarah habían iniciado un nuevo recorrido por su cuerpo hacia la cintura, las caderas...

Damon expulsó el aire entre los dientes en señal del suplicio al que se veía sometido. Sabía que podía romper en cualquier momento la tregua si esos dedos se cerraban sobre la terrible erección de su miembro.

–¡Sarah! –masculló, incapaz de soportarlo por más tiempo.

El sonido de su voz rompió el sueño dorado y maravilloso que disfrutaba Sarah.

Estaba soñando con los primeros días de su matrimonio, cuando tenía libertad absoluta para acariciar a Damon en cualquier momento. Entonces podías deslizar sus dedos sobre la superficie satinada de su piel, trazar las líneas de sus músculos y maravillarse con la potencia de su estructura ósea. Siempre había disfrutado mucho con esas caricias y nunca le habían parecido suficiente.

Y no quería despertarse. Sabía, incluso dormida, que se trataba de un sueño. Ahora ya no podía acariciar a Damon. No se lo permitiría y rechazaría cualquier intento por su parte con severidad. Tenía que mantenerse a distancia y contentarse con observar ese cuerpo delgado, fuerte, de piel bronceada y la belleza cautivadora de esos ojos negros. Pero no le estaba permitido tocar.

Nunca más podría acariciarlo.

Así que deseaba resguardarse en su sueño, allí donde la realidad no tenía cabida. Ahí, además de mirarlo, podía recorrer ese cuerpo para alivio de su corazón.

–Damon... –suspiró de nuevo.

–¡Sarah!

El grito ronco sobresaltó a Sarah, que abrió los ojos en un suspiro. Durante un segundo solo vio las sombras de la habitación, pero entonces parpadeó con fuerza y observó que tenía la vista clavada en los profundos ojos negros que acababa de ver en sus sueños.

Pero esa vez eran reales. Y también lo era el cuerpo cálido que se apretaba a ella. Y el hombro robusto en el que apoyaba la cabeza. Y el latido intenso de su corazón que sonaba bajo su oído.

Notaba la esencia de su cuerpo en el aire, y su mano...

–¡Dios mío! –musitó cuando comprendió dónde tenía puesta la mano.

Damon no dijo nada. Solo la miraba fijamente como si buscara una respuesta interior que solo ella podía proporcionarle.

–Yo... –amagó, pero la voz se quebró en su debilitada garganta.

Parecía que había perdido todo el control sobre su cuerpo. Su mano se negaba a obedecer las órdenes de su cerebro y permanecía firme en la caricia más íntima que pudiera imaginar.

–Damon...

Sabía lo que le había ocurrido, si bien apenas podía

creerlo. Había realizado en su sueño lo que nunca habría hecho despierta. Había derribado la estúpida frontera y se había acurrucado entre sus brazos. Y al hacerlo había traicionado sus más profundos deseos. ¡Si al menos él dijera algo!

Si Damon rompiera el silencio con alguno de sus característicos comentarios sarcásticos, eso bastaría para que ella saliera del estado de trance del que era prisionera. Barrería los últimos vestigios del sueño y la llevaría a la cruda realidad.

Pero Damon no dijo nada. Se quedó tumbado junto a ella, en silencio, la mirada sumergida en sus ojos verdes.

–Damon... –intentó de nuevo sin ningún efecto.

Pero entonces se movió. Entre la conmoción y el más terrible vacío en su estómago, Sarah sintió los labios de Damon sobre los mechones alborotados de su melena en un beso henchido de ternura. La boca se desplazó hasta la frente, la punta de la nariz y finalmente se posó en sus labios un instante.

Y entonces emitió un largo suspiro.

–¿Sí o no? –preguntó en voz baja, pero con mucha intención.

Sus manos recorrieron las líneas de su cuello, los huesos delicados de los hombros y se deslizaron a lo largo de sus brazos. Después tomó las manos de Sarah entre las suyas y las llevó hasta su boca. Besó con pasión cada palma y entrelazó sus dedos.

–¿Sí o no?

Y Sarah supo que solo existía una respuesta posible a ese dilema.

El vacío de su estómago se había llenado con un centenar de mariposas que batían las alas desesperadas contra sus costillas. Y el calor de esos besos estaba extendiéndose a lo largo de su cuerpo. Calentaba su sangre, aceleraba su pulso y elevaba la temperatura de su parte más íntima.

Incluso si eso era lo único que Damon podía ofrecerle, Sarah no podía negarse. Lo deseaba tanto que no había manera de que pudiera rechazar ese ofrecimiento. Cada poro de su femineidad había reaccionado ante su potente masculinidad. Sabía que no podía negarse, porque eso la mataría.

–Sí... –susurró, la voz quebradiza–. Sí, Damon.

Entonces él contuvo la respiración, expulsó el aire con fuerza y entonces sus labios rozaron la boca de Sarah. Pero ahora ya no había delicadeza. Había sido sustituida por una cautivadora sensualidad. Ella se vio obligada a separar los labios en un acto de hipnótica entrega. Sentía que su espíritu abandonaba su cuerpo para reunirse con el alma de Damon.

–Damon... –suspiró contra sus labios.

Al tiempo que esos besos arrastraban a Sarah hacia una corriente de placer, las manos expertas de Damon se movían con seguridad sobre su cuerpo. Deslizaron la seda del camisón sobre su esbelta figura hasta que no supo distinguir si acariciaba su piel o el tejido. Pero cuando las manos llegaron a la altura en que el camisón se había subido, arrugado alrededor de sus caderas, Damon se detuvo. Descansó los dedos sobre la piel desnuda e inició unos movimientos rituales y muy eróticos.

–¡Damon!

Su respiración agitada solo le permitió emitir esa palabra, que nació ahogada. No podía pensar en nada más.

–Damon, Damon, Damon...

Era una letanía de pasión, de deseo, de impaciencia. Pero él ignoró la urgencia y esbozó una media sonrisa antes de que su boca siguiera el mismo sendero que habían recorrido sus manos.

Sarah se removió inquieta en la cama mientras crecía el deseo en su interior y Damon trazaba con sus besos un camino que lo llevó hasta los brazos desnudos.

Bajo el suave tejido de seda, Sarah notó cómo se le erguían los pezones contra la tela y su respiración se alteró cuando la boca juguetona de Damon atrapó la punta oscura. Trazó círculos húmedos con la lengua sobre ese capullo de rosa hasta que el camisón mojado transparentó la piel rosácea. Entonces succionó el pezón a través de la seda, con fuerza, y descargó una serie de chispazos eléctricos que recorrieron el cuerpo de Sarah. Fue un placer tan agudo, tan intenso que bordeó el dolor.

–¡Oh, Dios...!

Sarah arqueó el cuerpo para incrementar el placer y que Damon tomara su cuerpo con más facilidad. Sintió el leve chirrido de los dientes contra la tela y no reprimió un sofocado gemido de placer. Sentía el camisón demasiado caliente, demasiado pegado. Se interponía entre ella y las caricias satinadas de la piel de Damon. Llevó las manos inquietas hacia los enganches para liberarse de esa molestia.

Damon lo comprendió enseguida, consciente de su necesidad, y con un solo tirón desprendió el camisón de su cuerpo. Su propio cuerpo ocupó de inmediato el lugar vacante junto a su piel ardiente.

–¡Sí!

Era una exclamación de puro gozo, la plena satisfacción ante la maravillosa sensación que consumía su cuerpo. Pero un segundo más tarde se quedó paralizada cuando comprendió la realidad. La boca de Damon sobre su piel y sus manos en sus pechos. Levantó el peso leve en su mano hasta su boca una vez más y besó, lamió y succionó hasta que Sarah sintió que su cabeza iba a estallar si luchaba por contener ese cúmulo de sensaciones en su cerebro.

El latido de su corazón era como el ritmo de una orquesta en el clímax de una gran sinfonía. Cada instrumento se superponía al anterior en un crescendo que amenazaba con una explosión final de fuegos artificiales y Sarah no creía que pudiera soportar esa intensidad en su menuda figura.

–¡Por favor...! –dijo en un jadeo–. Damon, por favor.

–Tranquila, *agape mou* –musitó con clama–. Quiero que todo resulte bien para ti.

–Está todo bien –masculló enfebrecida–. ¿Cómo podía ser de otro modo? Esto es lo que deseo. Es lo que necesito.

–¡Yo también te deseo, *Theos*, muchísimo!

Las manos expertas de Damon encontraron los rizos húmedos en la parte superior de sus muslos y apretó la palma contra ella. Sarah se mordió el labio inferior para que no se oyeran sus gemidos, pero cuando sintió un dedo en el pozo de su deseo gritó su nombre al tiempo que recibía una nueva andanada de besos.

–¡Damon, te deseo! Te necesito conmigo, dentro de mí. ¡Muy dentro de mí!

–Sí, sí...

Fue un murmullo ronco antes de que la pierna velluda de Damon se abriera paso entre sus muslos para expedir la entrada hasta el corazón de su sexualidad. Se deslizó entre sus muslos extremadamente excitado. Estaba tan hambriento como ella.

Sarah apoyó la cabeza en la almohada y su larga melena rojiza enmarcó la belleza de su rostro con cierta asimetría. Damon se tomó un momento para apartar de su cara algunos mechones rebeldes con mucha ternura y retiró los pelos que habían quedado pegados en la comisura de su boca.

Entonces, antes de que tuviera tiempo para pensar, Damon levantó el cuerpo en el aire, soportado sobre sus musculosos brazos, y entró en ella con una sola embestida.

–¡Sarah!

Junto a la voz de Damon, escuchó un grito de voluptuoso placer y reconoció, conmocionada, su propia voz. Pero un momento después abandonó cualquier atisbo de raciocinio y acompasó su movimiento a él en un ritmo cada vez más alto.

Estaba tan excitada que necesitaba muy poco para desbocarse. Sintió las tremendas embestidas y el vigor en cada movimiento. Arqueó el cuerpo para unirse a él, la cabeza en el aire, las manos aferradas a los hombros teñidos por el sudor.

Una sacudida más la llevaría a un mundo de fantasía en el que brillaban millones de luces y no existía el tiempo. Un mundo en el que no había nada salvo ellos y el éxtasis que la conjunción de sus cuerpos había creado.

–¡Damon! –gritó en pleno deleite–. ¡Oh, Damon!

Llevó sus dedos entre los cuerpos húmedos hasta los labios de Damon, que masculló una respuesta incoherente.

Un segundo después, Sarah escuchó su nombre. Miró a Damon a los ojos y reconoció el brillo febril que ardía en su mirada. Observó el rubor de sus mejillas y la tensión de las venas en el cuello hinchado. Su respiración agitada convulsionaba su pecho como un barco a la deriva.

Entonces también Damon alcanzó el clímax y llevó a Sarah a tales cotas de placer que todo dejó de existir y se limitó a sentir.

Hasta que, exhausto y lleno, Damon se desplomó a su lado y Sarah, sofocada, luchó para atemperar el latido salvaje de su corazón.

Sarah lo abrazó, los ojos cerrados, su cuerpo flojo. Enredó una mano en su cabello y jugueteó con el pelo entre sus dedos. Su otra mano acarició su espalda desde los hombros hasta las nalgas. Ya no podía desprenderse de ese contacto y no quería soltarlo por nada del mundo.

Damon emitió un gruñido, levantó la cabeza y giró sobre la espalda hacia un lado, liberando a Sarah de su peso. Rodeó su cuerpo con un brazo y la besó en la frente, la cara hundida entre su melena.

–Esto es lo que hay entre nosotros, querida –musitó con satisfacción–. Esto es lo que hay, *agape mou*. Y siempre será así.

Y Sarah no supo discernir si esas palabras eran verdaderas, si tenían un significado, o eran simples mentiras de alcoba que venían a llenar el silencio tras una explosión de placer tan intensa.

Si se trataba de mentiras, eran mentiras piadosas, y se contentaría con eso. Usaría esas palabras como un escudo contra el tiempo cuando solo le quedaran esas mentiras para consolarse.

Sabía que esa pasión abrasadora que había encendido sus cuerpos en mitad de la noche, esa chispa de deseo que había iniciado un fuego primitivo, no sería jamás el trampolín para un nuevo comienzo. No había ninguna promesa escondida, sino el deseo incontrolado en busca de la saciedad.

Damon no había dicho una sola palabra de amor ni había mencionado un futuro en común. Había exhibido un ardor y una carnalidad primitiva que los había conducido al paroxismo del placer, pero no le había prometido nada. Tendría que conformarse con esa noche y nada más.

Si ese iba a ser todo su botín, lo aceptaría y buscaría la felicidad con eso. Sería un recuerdo que la ayudaría a enfrentarse a las frías noches en soledad que no tardarían en llegar. Sabía que aguardaban en el horizonte y que se acercaban cada segundo un poco más, pese a que no le gustara la idea.

Damon se abalanzó sobre ella dos veces más esa noche, antes incluso de que se hubieran recuperado del primer asalto. Pero al instante creció el deseo y respondió a esas urgencias con el mismo fervor que al principio.

Durmieron un poco, pero después fue ella quien buscó el cuerpo de Damon y sació su cuerpo cuando las primeras luces del amanecer resplandecían en la ventana. Y supo que en el futuro, independientemente de lo que fuera de ella, jamás olvidaría la noche que había pasado junto a Damon en ese hotel de París.

Al cabo de varias horas consiguió despegarse del sueño que había caído sobre ella como un pesado manto y escuchó la ducha. Damon estaba silbando, algo desafinado, en el cuarto de baño.

Sintió las lágrimas como agujas incandescentes al rememorar los primeros días de su matrimonio, cuando había creído que sería para siempre. Y que Damon la amaba.

Cada mañana, igual que ese día, se quedaría acostada tras la intensidad de la pasión que habían empleado al hacer el amor. Escucharía a Damon silbando o cantando en la ducha. Y pensaría que nunca había sido tan feliz.

Pero esa felicidad se había basado en un sueño, una ilusión. Nunca había existido y nunca había sido real.

Ahora conocía la verdad y se obligaría a aceptarla. Damon no la quería. No era posible que la amara. De ser así, jamás la habría utilizado como lo había hecho para sus fines, cualesquiera que fueran.

Un zumbido llamó la atención de Sarah, que abandonó sus tristes recuerdos. Provenía de la sala y le llegaba amortiguado a través de la puerta. Tardó un momento en reconocer el sonido, pero entonces lo identificó. Era el móvil de Damon.

–¡Damon! ¡El teléfono!

Pero el agua de la ducha y la melodía que silbaba no cesaron. No había oído su aviso a través de la cortina de agua y la puerta.

–¡Damon! –gritó de nuevo–. Damon, el teléfono.

No hubo respuesta. Un minuto más y sería demasiado tarde. Ya había apartado las sábanas y corría hacia el salón para contestar la llamada del móvil plateado.

–Damon...

Pero había llegado tarde. Tal y como solía ocurrir, había dejado de sonar justo en sus manos. Solo le había dado tiempo a mirar la pantalla para intentar quedarse con el nombre o el número antes de que se apagara. Estaba claro que quien había llamado se había cansado y había colgado.

Pero no antes de que Sarah leyera el nombre y se clavara en su corazón como un afilado cuchillo.

La persona que había telefoneado a Damon había sido Eugenia Stakis. La mujer que, según el padre de Damon, iba a convertirse en su esposa.

Capítulo 9

DAMON supo que algo iba mal en cuanto salió del cuarto de baño.

Había dejado a Sarah adormilada, acurrucada entre las sábanas, relajada y completamente desnuda. Pero la mujer que se encontró al salir del baño estaba despierta, levantada, y llevaba puesto uno de los albornoces que el hotel ponía a disposición de los huéspedes. Y, por si eso no hubiera bastado para certificar su cambio de humor, Sarah llevaba el cinturón de la bata tan apretado que le oprimía la figura y se había subido las solapas y el cuello para que no quedara a la vista ni un centímetro de su piel.

Damon no necesitaba más pistas. La mirada de Sarah y la firmeza con que apretaba los labios eran signos más que evidentes. Había ocurrido algo en el intervalo en que se había metido en la ducha. Seguramente fuera un nuevo reportaje en los periódicos. Habían dejado atrás la prensa británica cuando habían salido de Londres, pero los reporteros franceses los habían aguardado en la terminal del aeropuerto de París y seguido hasta el hotel. La historia había circulado como la pólvora y todo el mundo buscaba una foto de la feliz pareja. Pero hasta que no estuviera seguro era mejor mantener la discreción.

–Veo que ya te has levantado –dijo mientras se secaba el pelo.

La verdad era que lamentaba que hubiera salido de la cama. Habría preferido que se hubiera quedado acostada, cálida y sensual. Claro que en ese caso le hubiera costado mucho más dejarla en paz, tal y como debía.

Hubiera sido mucho más atractivo deslizarse entre las sábanas con ella...

–Sí, me he levantado –dijo con sequedad–. ¿Acaso he hecho mal?

Estaba claro que algo o alguien la había molestado mucho. No estaba de buen humor. Y era una lástima porque, después de la noche que habían pasado, tendría que haberse sentido en paz con el mundo, igual que él. Un nuevo día perfecto para resolver sus diferencias, aclarar los malentendidos y empezar de nuevo.

Pero no parecía el caso.

–Pensaba que estabas fuera de combate –dijo, tiró la toalla sobre una silla y cruzó la habitación hacia su maleta.

La noche anterior no había deshecho la maleta y toda su ropa limpia seguía doblada. Era algo que no le gustaba. Y esa mañana tenía una cita importante.

–Parecías dispuesta a dormir toda la mañana –añadió.

–Un nuevo tanto en tu cuenta, supongo –señaló Sarah– *¿Ti ipate?*

Damon se detuvo mientras colocaba la ropa en perchas para quitar los dobleces.

–¿Qué quieres decir?

–Te gustaría apuntarte un tanto por agotarme tras tus atenciones sexuales, supongo. Estaría en consonancia con tu resistencia y tu aguante –declaró ella–. Una muesca en el revólver, ya sabes.

–¡Claro que no!

Damon todavía no sabía por qué lo atacaba de ese modo, pero estaba llegando al límite. Su buen humor de la mañana se estaba agotando.

–¿Qué te pasa esta mañana? Desde luego te has levantado con el pie izquierdo.

–¡Me he levantado como he podido! –replicó Sarah, para estupor de Damon.

–¿Y eso qué significa? ¡Solo me he dado una ducha!

–Y ahora te estás vistiendo –dijo como si cambiara de tema, de pronto.

–Es lo normal por las mañanas, *agape mou.*

Nunca lo había molestado vestirse o desnudarse frente a una mujer, y menos ella. Pero esa vez le resultaba incómodo. Y su enfado lo había perturbado. Por primera vez en su vida agradeció la ropa interior y la camisa.

–Además, no podría acudir a una reunión con el albornoz del hotel –indicó–. Si bien te queda primoroso.

–Así que vas a salir –dijo Sarah, ajena al piropo de Damon.

–Tengo una cita importante. Ya te dije que tendría trabajo mientras estuviéramos aquí.

–Ya sé lo que dijiste, pero eso fue antes de que se supiera la noticia de lo nuestro. Hubiera imaginado que preferirías agasajar a tu nueva amante.

–Y yo habría supuesto que preferirías quedarte en el hotel, lejos de las cámaras.

–¡Fantástico! Así que finalmente me traes a París con un año de retraso y tengo que quedarme encerrada en esta habitación. ¡Genial!

¿De eso se trataba? ¿Estaba indignada porque pensaba que debería dedicarle más tiempo para pasear por la ciudad? Era algo que podía solucionar.

–No estaré trabajando todo el día, Sarah –dijo mientras se abrochaba la camisa–. La reunión acabará a mediodía. Volveré a buscarte y saldremos juntos.

Esbozó una sonrisa deslumbrante que acostumbraba a suavizar el carácter de cualquier mujer.

–Te enseñaré la ciudad y todas sus maravillas. Es una promesa.

¿Sería suficiente para tranquilizarla?

¡Maldición, no había respuesta! Mantuvo la misma expresión ofuscada que había descubierto al salir del baño. Sus ojos verdes no le concedieron ni un respiro. Realmente algo había sacado de sus casillas a Sarah.

–No tienes que preocuparte por mí. Me las apañaré sola. Puedo hacerme con un plano y...

–No te lo aconsejaría.

–¿Y qué me recomendarías? ¿Preferirías que me quedara aquí, en perfecta soledad, aislada del mundo, hasta que mi amo y señor regresara?

–Ya sabes a qué me refiero, Sarah. Si los fotógrafos te ven, tu paseo será un infierno. No te dejarán en paz y...

Mientras se subía la cremallera del pantalón y se ajustaba el cinturón, observó que ella sostenía algo entre las manos. Algo pequeño y plateado que golpeaba continuamente en señal de su irritación.

–¿Qué tienes ahí? –preguntó.

Sarah dejó quietas las manos y le dirigió una mirada tan desafiante que Damon pensó que no le contestaría. Pero entonces lanzó el objeto sobre la cama y este rebotó un poco en el colchón. Brillaba a la luz del día y emitía reflejos azulados.

–¿Es mi móvil?

Era lo último que hubiera imaginado y no entendía qué podía tener que ver con todo aquello.

–Te han llamado mientras estabas en la ducha.

–Tendrías que haberme avisado.

–Eso he hecho, pero no me has oído.

–Bueno, lo lamento...

Se anudaba la corbata mientras hablaba, frente al espejo. Pero se paró cuando vio el reflejo de Sarah y su mirada.

No se trataba tan solo de que el teléfono la hubiera sacado de la cama ni que él no la hubiera oído.

–¿Todo esto tiene algún sentido, Sarah? La verdad es que, si es así, me gustaría que me lo contaras. No tengo tiempo para esto.

–¡Por supuesto! –dijo con mucha acritud–. Tienes una reunión.

–¿Acaso sugieres que no existe ninguna reunión, o qué...?

–No sugiero nada. Pero quiero decirte una cosa.

Damon se pasó una mano por el cabello y suspiró con severidad.

–Está bien, Sarah –se sentó en la silla más cercana y fijó la mirada en ella–. ¡Escúpelo! Sea lo que sea, dímelo y no le des más vueltas.

Estaba claro que se lo había pedido, pero ahora se sentía incómoda. Damon estaba sentado frente a ella, los brazos cruzados sobre el pecho y la mirada altiva. Eso sembró la duda en su determinación.

Deseó tomar asiento. Notaba la debilidad en sus piernas. Pero prefería mantenerse por encima de él que colocarse a su misma altura. Así que se apoyó en el tocador.

–Has recibido una llamada –dijo lentamente.

–Eso ya lo has dicho. ¿Y qué?

–Era Eugenia.

La reacción de Damon confirmó a Sarah que había logrado su atención. Se sintió incómoda e inquieta ante el modo en que él avanzó la cabeza, abrió los ojos y luego amusgó la mirada. Era algo importante. Eso parecía obvio.

–¿Qué ha dicho? –preguntó.

Se había recuperado y su tono era firme. De no haber sido por esa primera reacción, habría convencido a Sarah de que ese asunto resultaba intrascendente. Pero ella había apreciado ese leve estremecimiento y ahora no estaba segura.

–No lo sé. Colgó antes de que pudiera contestar. Solo vi su nombre en la pantalla.

¿Se había relajado un poco? No lo sabía. Su mirada permanecía opaca y sus rasgos tan impenetrables como el granito.

–Volverá a llamar.

–Estoy segura. Has recibido una docena de llamadas suyas en los últimos días.

–¿Cómo...? –empezó y eso puso nerviosa a Sarah.

–He comprobado tu contestador.

El silencio que siguió no duró más de diez segundos, pero fue una eternidad para el sistema nervioso de Sarah. Era como si alguien estuviera desgarrándole el corazón.

–¿Ahora me espías? –dijo con aparente placidez, pero sus facciones prometían otra clase de reacción muy distinta.

–No.

–¿No? ¿Y cómo llamarías a lo que has hecho? ¿Cómo calificarías que hayas invadido mi intimidad, que hayas revuelto entre mis cosas? ¿Eso no es espiar?

–Solo si tienes algo que ocultar.

–¿Y lo tengo? ¿Algo que ocultar?

–¡No lo sé! Dímelo tú.

«¡Por favor, dímelo! Si tengo que saberlo, prefiero que sea ahora. Saca todo a la luz para que sepa, de una vez por todas, a qué atenerme. ¡Por favor, Damon! No sigas fingiendo. No, después de esta noche. Dime la verdad. Al menos dime a la cara que amas a Eugenia. Al menos ten la honradez de confesarlo».

Pero Damon se había cerrado en banda. Tenía la mirada ensombrecida y su boca era una fina línea blanquecina.

Se levantó de la silla, tomó la chaqueta del perchero y se la puso. Y, a pesar suyo, Sarah pensó que estaba muy atractivo con el traje. Tenía un aspecto tan devastador que debería llevar colgado un cartel que previniera contra sus efectos. Desde luego era una presencia letal para la lucha que mantenía con su propio instinto.

–No tengo nada que decirte –señaló con voz gélida, acabando con la esperanza de Sarah–. Salvo adiós.

Fue como un ataque al corazón.

–¿Qué? ¿Así, sin más? Adiós... Pero habías dicho...

–Adiós hasta la hora del almuerzo –explicó con impaciencia–. ¡Ya voy con retraso!

–Entonces, ¿vas a volver?

–Ya te lo he dicho. Te he prometido que te enseñaría París.

Eso fue demasiado. Evocó demasiados recuerdos amargos sobre las promesas del pasado. Unas promesas que solo habían sido mentiras o cortinas de humo frente a sus auténticos planes.

–Será demasiado tarde.

–¡Tonterías! Podemos visitar un montón de sitios por la tarde.

–No me refería a eso. Quiero decir que llegas tarde. ¡Un año tarde!

–Sarah, estás desvariando –dijo con el ceño fruncido–. ¿Qué es lo que quieres? ¿Prefieres que no vuelva?

Su corazón gritaba que no. Soportaría cualquier cosa, el más terrible de los tormentos si a cambio podía verlo un poco más. Quedarse a su lado un poco más.

Pero el sentido común le dijo que lo más sensato sería romper con todo en ese momento. Cada minuto que pasara con él haría más difícil ese instante. Solo estaba alargando la agonía y empeorando las cosas. Tenía que dejarlo marchar.

Sin embargo, en el fondo, sabía que no podía.

–¿Sarah? –dijo visiblemente molesto.

Se arrebujó en el albornoz y metió las manos en los bolsillos como si tuviera frío. Y la verdad era que el cerco de hielo que rodeaba su corazón se estaba ampliando hacia fuera y, pese al sol que brillaba en el horizonte, estaba temblando.

–Sarah, ¿de qué se trata? –preguntó con impaciencia–. Habría jurado que después de esta noche...

Eso fue demasiado. Eso fue el detonante, la cerilla que encendió la mecha hacia el barril de pólvora que aguardaba en su corazón.

–¡Anoche! –gritó y se volvió hacia él cegada por la ira para ocultar el dolor–. ¡Anoche! Yo habría jurado que después de esta noche nunca querría volverte a ver. ¿Y sabes por qué?

–¿Por qué? –preguntó sin emoción.

–Te lo diré. Anoche fue un error. De hecho fue el error más grave que he cometido en toda mi vida. Incluso peor que el día de nuestra boda, ¡y ya fue bastante grave! Ojalá pudiera retroceder en el tiempo para que nunca hubiera pasado. Creo que nunca he hecho algo que haya lamentado tanto.

Su diatriba se perdió en esa clase de silencio que pone los pelos de punta. Se obligó a mirar a Damon a la cara y lo que vio secó su boca. Notaba las rodillas de mantequilla.

–El peor error de mi vida... –repitió con precisión–. ¿Sabes, cariño?, estoy completamente de acuerdo.

Antes de que Sarah asimilara sus palabras, giró sobre los talones y salió de la suite con un portazo. Y entonces ella comenzó a sentir toda clase de emociones.

Primero sintió una oleada de furia. Una rabia ciega e indómita.

¡Bien! Fue hacia la puerta, consciente de que Damon no la escuchaba. ¡Genial! ¡Perfecto! Ambos estaban de acuerdo. Había sido un terrible error y deseaba que nunca volviese a ocurrir.

El silencio en la habitación era ensordecedor. Un silencio que rebotaba en las paredes y zumbaba en sus oídos. Un silencio que terminó cuando comprendió que Damon se había ido y no regresaría hasta el almuerzo, si volvía.

Quizá se había ido para siempre.

Esa idea trajo un largo y pesado silencio sobre la habitación.

Y entonces explotaron los sentimientos que había silenciado y crecieron en su interior hasta inundar su ánimo. Y, presa de la desesperación, se hundió en la cama, entre lágrimas, mientras el terrible miedo a la soledad se apoderaba de ella.

Capítulo 10

SARAH! ¡Eh, Sarah!

Sarah se detuvo en medio del vestíbulo de suelo de mármol y miró en derredor, confusa. En medio de las conversaciones en francés que bullían a su alrededor, la voz inglesa había sonado alta y clara. Y era la voz que menos habría esperado escuchar en París. Era una voz que asociaba con su trabajo en Londres.

–¿Rhys?

Se quedó mirando la figura espigada del hombre que fue a su encuentro con una sonrisa de bienvenida. Habían pasado apenas veinticuatro horas desde que lo había telefoneado para avisarlo de su repentina marcha y él no le había dicho nada de que pensara viajar al extranjero.

–¿Entras o sales? –preguntó Rhys después de saludarla.

–Me quedo, desde luego –señaló con un estremecimiento–. ¿Has visto a los fotógrafos a la salida?

–¿Todavía esperan por ti?

Sarah se limitó a asentir. Después de la llantina de la habitación, había decidido que no podía perder el día encerrada y lamentándose. Y si Damon regresaba, le sentaría bien que ella no estuviera allí, aguardando. Ya tenía el ego suficientemente crecido. No necesitaba más engreimiento.

Se había duchado con bastante esfuerzo y se había lavado el pelo. Se había vestido con una falda de tubo y una blusa a rayas. Había recogido su melena en una coleta y se había sentido capaz para visitar París por su cuenta, sin Damon.

Esa decisión había tenido validez hasta que había puesto un pie en la puerta de la calle. En el instante que había aparecido bajo el arco dorado que protegía la entrada de la lluvia, una ráfaga de luces había acompañado los disparos de las cámaras.

–Sí, esperan por mí. Han visto que Damon no me acompañaba y querían conocer el motivo –explicó.

Los periodistas la habían acribillado a preguntas y Sarah se había sentido totalmente incapaz de enfrentarse a esa jauría.

–Si el portero no hubiera intervenido para ayudarme, no sé si habría salido con vida –dijo–. No pienso salir ahí fuera por mi cuenta. ¡No es seguro!

–Es el precio que tienes que pagar por ser la amante de una celebridad –indicó con cierta ironía, ya que también él había sufrido el acoso de la prensa cuando se había divorciado de una célebre actriz.

–Así que lo entiendes.

–Demasiado bien. Ya que estás atrapada aquí dentro, ¿por qué no te tomas un café conmigo? Siempre es agradable una cara amiga. ¿O esperas a Damon?

–No, hasta dentro de un buen rato.

Una voz interior le recordó que quizá fuera para siempre. Pero no quería pensar en eso, así que tomó a Rhys del brazo y aceptó la oferta como una distracción.

–Me encantaría.

Poco después estaban cómodamente instalados en la cafetería y disfrutaban de una taza de café con pastas. Era imposible que se tuviera acceso desde el exterior y Sarah se calmó un poco.

–Quizá ahora puedas explicarme qué haces aquí.

–Estoy buscando a mi hija.

–¡Tu hija! –esa respuesta desconcertó a Sarah–. No sabía que tuvieras una hija.

–Yo tampoco lo sabía hasta hace unos días –dijo con una mueca–. ¿Recuerdas esa llamada que recibí el sábado? Fue para notificarme la muerte de Amélie, mi ex mujer. Siempre tuvo el corazón débil y nunca se cuidó demasiado. Al parecer ya no aguantó más. Pero, antes de su muerte, admitió que yo era el padre de su hija. Y ni siquiera sabía que esa niña existía.

–¡Oh, Rhys! –tomó las manos del hombre con simpatía y afecto–. ¿Y dónde está tu hija?

–Ese es el problema. No lo sé. Se la llevó alguna prima de Amélie. Intentó descubrir su pista. Por eso he venido.

–Espero que la encuentres. De verdad, Rhys –aseguró y, llevada por el impulso, besó al hombre en la mejilla–. Y si hay algo que pueda hacer para ayudarte, solo tienes que pedírmelo.

–Lo mismo digo –contestó su jefe–. Puedes decirme que no es asunto mío. Pero ¿algo va mal, Sarah? No pareces feliz. Al menos, no reflejas la felicidad de una mujer enamorada. Si tienes un problema sabes que puedes contar conmigo...

–No, nada de eso.

Una voz masculina interrumpió la conversación como un látigo. Sarah no necesitó levantar la vista para reconocerlo. Pero al hacerlo, la expresión en su rostro hizo que se le encogiera el corazón.

–Damon –saludó con naturalidad para aplacar la ira reflejada en su mirada, pero él no le dio tiempo a explicarse.

–No sé quién eres y no me importa. Pero será mejor que mantengas las manos fuera de mi chica y no te inmiscuyas en nuestros asuntos.

Damon no sabía el tiempo que los había estado observando. Demasiado. Y había notado la intimidad y la cercanía de su trato. Sarah se había echado hacia delante para tomarlo de la mano...

No se había podido reprimir por más tiempo. Se había apartado de la pared en la que se había reclinado y había acudido hasta su asiento como un río de lava ardiente.

–Damon, no seas estúpido...

¡Estúpido! Era como si ondearan un trapo rojo frente a un toro salvaje.

No había dejado de pensar en ello durante toda la mañana. Las imágenes de los acontecimientos lo habían acompañado desde que había salido por la puerta de la suite. Ella no se había dado cuenta, pero había visto su expresión reflejada en el espejo antes de marcharse y no había pasado desapercibido ese matiz de angustiosa soledad. Una expresión que lo había acosado toda la mañana.

Se había interpuesto entre él y el negocio que había querido cerrar. Había perdido su capacidad para la negociación y, tras el cuarto intento fallido, lo había dejado.

–¡No tengo tiempo para esto! –había declarado–. Tengo que atender un asunto de vital importancia.

Y había salido de la sala de reuniones, había llamado su coche y el chófer lo había llevado de vuelta al hotel a toda velocidad.

Había cruzado entre el enjambre de periodistas que aguardaban en la entrada sin una sonrisa ni una respuesta amable, mascullando en griego y abriendo paso con bastante brusquedad. Pero finalmente había alcanzado el vestíbulo y se había dirigido al ascensor para subir hasta la suite del ático.

Pero ella no estaba en la habitación.

Su primera idea había sido que se había marchado, igual que lo había abandonado seis meses atrás. De hecho había buscado frenéticamente alguna nota de despedida hasta que había caído en la cuenta de que todas sus cosas, la ropa y el neceser, seguían en la habitación.

Se había sentido tan aliviado que se había sentado en la cama un momento para reponerse, acompasar la respiración y recuperar el control. Entonces había bajado al vestíbulo nuevamente. Unas preguntas en recepción lo habían conducido hasta el salón a tiempo para que viera cómo Sarah tomaba la mano de ese tipo.

Un hombre que era el paradigma de la apostura y que ejercía una evidente fascinación en Sarah.

Había sentido una oleada de celos inmediata que había barrido su sentido común. Y cuando había visto a Sarah inclinarse hacia delante para besar al hombre en la mejilla, había perdido el control por completo.

–Sarah... –dijo en un tono amenazante y el hombre se incorporó.

Damon se encaró con él. No estaba acostumbrado a que le plantaran cara y el hombre no parecía dispuesto a echarse atrás.

–¿Este tipo te está molestando, Sarah?

Esa pregunta encendió a Damon, que estaba convencido de que ese hombre lo conocía perfectamente y de que estaba fingiendo lo contrario.

–«¡Este tipo!» ¿Sabes quién es...?

–No, la verdad.

–¡He venido a buscarte!

Damon comprendió que se había equivocado solo con fijarse en la expresión pétrea de Sarah y la frialdad de sus ojos verdes.

–Así que has vuelto –dijo ella–. Pero eso no explica que te hayas presentado aquí como un vándalo mientras...

–¡Maldita sea, Sarah! He vuelto a buscarte y te he encontrado aquí con este...

–Este es Rhys –dijo ella–. Mi jefe.

–¿Quién?

–Mi jefe –repitió con ansiedad–. Rhys Morgan. Trabajo para él.

–¡Ah! –fue lo único que Damon articuló, pero añadió más tarde–: Mis disculpas.

–Estaré por aquí, Sarah –dijo Rhys tras aceptar las disculpas–. Me marcharé y...

–¡No! –gritó Sarah con énfasis–. No te vayas, Rhys. No me dejes a solas con él.

–¡Lárgate de aquí! –gruñó Damon, pero el hombre no se movió un ápice.

–Ya ha oído a la señorita.

–Sí, la he oído. Pero...

–Damon –interrumpió Sarah, que se incorporó y lo miró a la cara–. He pedido a Rhys que se quedara y lo hará. Hasta que no controles tu temperamento y puedas hablarme como a una persona...

–¡Estaba celoso! –confesó sin que eso le hiciera ninguna gracia–. Ahora estoy furioso, pero antes era...

–¡Estabas celoso! –repitió Sarah con incredulidad.

–*¡Ne...!*

Damon bajó la cabeza. Su discusión empezaba a llamar la atención de la gente. Los clientes se habían vuelto hacia ellos y escuchaban con relativa discreción.

–¡Estabas celoso! –repitió Sarah.

Damon comprendió que no estaba únicamente sorprendida, sino furiosa.

A decir verdad, nunca había visto a Sarah tan enfadada. Sus ojos verdes brillaban como dos antorchas, las mejillas le ardían e incluso las aletas de la nariz se hinchaban en busca de un poco de aire. Y cuando deslizó la mirada hacia sus manos, observó que había cerrado los puños con rabia.

–¡Estabas celoso! –repetía una y otra vez, arrastrando cada sílaba–. Estabas...

–*¡Ne...!*

Quería explicarse. Había creído que esa confesión habría apaciguado a Sarah. Al fin y al cabo, eso era tanto como admitir que ella le importaba.

Pero Sarah no parecía muy convencida. De hecho se había alejado de él.

–Sarah, yo... –empezó, pero ella no lo dejó continuar.

–¡Estabas celoso! –repitió–. Tienes la desfachatez de sentirte celoso solo porque estaba aquí sentada, charlando con Rhys. ¡No tienes ningún derecho a sentirte celoso! ¿Me oyes? ¡Ningún derecho! ¿Cómo te atreves a ponerte celoso cuando todo este tiempo, desde el principio, has mantenido una relación a mis espaldas? Cuando...

–¿Una aventura? –se lanzó sobre esa palabra como un tigre sobre la presa–. ¿De qué diablos estás hablando? ¿Una relación con quién?

–Deja de fingir, ¿quieres? –dijo Sarah con una patada en el suelo de madera–. Ya no puedes seguir ocultándomelo. Lo sé. Hace mucho que estoy al corriente. Tu padre me lo contó. Dijo que...

–¡Mi padre!

La cabeza de Damon comenzó a darle vueltas. ¡Ahora lo comprendía! Sí, ahora todo encajaba. Había tenido que imaginarse que su padre había intervenido de algún modo para que ese matrimonio nunca llegase a buen puerto. Para Aristóteles Nicolaides, su hijo y esa tal Sarah Meyerson no estaban casados.

Su hijo y la nieta del hombre que había odiado toda su vida. La nieta del hombre que había tenido en posesión un terreno vital para la familia y que no había vendido.

–¡Mi padre! –repitió indignado–. ¿Y qué fue exactamente lo que te dijo? ¿Qué mentiras se inventó? ¡Habla!

–Yo... Él...

–No, no me lo digas –recapacitó–. Aquí, no. Estamos ofreciendo un espectáculo. Vámonos de aquí y discutamos esto en privado.

–¡No! –Sarah sacudió la cabeza con violencia–. De ninguna manera. No iré contigo a ninguna parte. No quiero privacidad y no quiero volver a hablarte. Quiero que esto termine, para siempre.

–¡Sarah! –intervino, muy irritado–. ¡No seas estúpida! Ven conmigo...

–¡No! –sacó las manos para defenderse y retrocedió–. Damon, he dicho que no.

–¡Y yo digo que sí! –Damon no soportaba esa mirada de odio y que se apartara de él–. Sarah...

Agarró a Sarah con fuerza y la sujetó.

–De acuerdo. ¡Ya está bien! –la voz de Rhys cortó la tensión entre ellos–. ¡Suéltala ahora mismo, Nicolaides! No voy a permitirte que la trates así. ¿Cómo puedes airear que es tu amante y...?

–¡Mi amante!

Adoptó un tono a medio camino entre la ironía, la irritación y la derrota. Solo sabía que estaba luchando para salvar su vida emocional.

–¡Mi amante! –repitió con vehemencia–. ¡Mi amante! No lo entiendes, ¿verdad? Sarah no es mi amante y no lo ha sido nunca. Es mi esposa. La mujer con la contraje matrimonio hace un año.

–¡Damon!

El grito de espanto de Sarah cayó en el ambiente como una losa y el ambiente se hizo irrespirable.

Damon, una vez que la sangre volvió a circular con normalidad por sus venas, comprobó que el silencio llenaba toda la sala. Todo el mundo miraba en su dirección con expresión boquiabierta.

–¡Damon! –repitió Sarah en un tono muy diferente esa vez.

Al hacerlo se escuchó un murmullo de acercamiento y se disparó la luz de una cámara. Uno de los periodistas se había abierto camino hasta la sala camuflado entre la gente y había inmortalizado la escena.

–¡Oh, cielos! –masculló–. ¡Maldita sea!

Esta vez había montado una buena.

Capítulo 11

ES MI esposa».

Sarah no podía creer lo que había oído. ¿Damon había dicho en voz alta, delante de todo el mundo, lo que ella había creído escuchar?

Una mirada a sus profundos ojos negros se lo confirmaron. Y estaba tan conmocionado como ella. Quizá, un poco más que ella.

Y no era de extrañar. Nunca debería haberlo confesado. Era lo último que quería que se supiera. Damon también comprendía el alcance de sus palabras. Y mascullaba una maldición en griego mientras escuchaba pasos de alguien que se acercaba. La luz de la cámara soltó otro fogonazo y Sarah se estremeció. Quiso levantar la mano a modo de escudo, pero estaban presas en las manos de Damon.

–¿Es cierto, señor Nicolaides? ¿Es verdad, Sarah?

El periodista intentaba conseguir la exclusiva antes de que la dirección del hotel llamara a seguridad y lo expulsaran de allí.

–¿Estáis casados?

Pero Damon no honró la pregunta con una respuesta. Ni siquiera le dedicó una mirada. Apenas parpadeó, la atención puesta en Sarah.

–Sarah, cariño... Tenemos que hablar. No te haré ningún daño. Solo quiero hablar. Por favor, acompáñame.

¿Le había pedido por favor que lo acompañara con ese tono de angustia? Sarah bizqueó, atónita. No sabía qué hacer.

–Sarah, no lo hagas –intervino Rhys–. Vamos...

–Sarah –interrumpió Damon–. Confía en mí. Tienes que creerme...

Entonces recordó la noche anterior, cuando ella le había contado la verdad acerca de Jason y él había dicho que creía en ella. Había creído en ella sin vacilaciones.

Y ahora ella creía en él con esa misma fe.

Sabía que no le haría ningún daño.

–Está bien –dijo sin apartar los ojos de él–. Vamos a hablar.

Damon esbozó una breve sonrisa. Apretó la mano de Sarah con firmeza y la condujo fuera de la sala hasta el vestíbulo.

Mientras, habló por el móvil en griego con mucha autoridad. Seguramente había llamado al chófer porque, un segundo después, un elegante coche se detuvo en la entrada y Damon abrió la puerta para Sarah. Notó la vacilación en su cuerpo ante la masa de reporteros, pero Damon afianzó su voluntad.

–No digas nada. Solo camina...

Ella recordó la promesa de Damon. Y esa vez, también estaba a su lado. Apoyó la cara en su pecho y Damon apartó las cámaras con una mano. La otra mano en la cintura, condujo a Sarah hasta el coche. Subieron sin contestar una sola pregunta y el coche se alejó de la entrada entre la multitud que se abría a su paso.

–¿Dónde...? –preguntó, pero escuchó cómo Damon daba instrucciones al chófer en griego y recordó la palabra–. *¡Aerodhromio!* El aeropuerto. Damon, ¿por qué...?

–Confía en mí –dijo con convicción.

No tenía muchas opciones. El coche avanzaba a toda velocidad y no tenía escapatoria. Solo podía quedarse quieta en espera de una explicación.

–¿Qué está pasando? Quiero una respuesta –protestó.

–Y la tendrás, te lo prometo. Pero antes, dime quién te dijo mi padre que era mi amante. ¿Con quién se suponía que he tenido una aventura?

–No tengo que decírtelo, ¿verdad? Solo existe una persona con quien desearas casarte –dijo Sarah.

Una extraña expresión cruzó el rostro de Damon. Era como si ella hubiera dicho algo que él quisiera oír. Algo que siempre había sospechado.

–¿Eugenia? –preguntó.

Sarah asintió y Damon reaccionó de un modo inesperado. Echó la cabeza hacia atrás y se rio. Y pareció que su risa era genuina.

–¡Eugenia! –declaró con cierta satisfacción, y al instante marcó un número de teléfono con urgencia–. ¿Eugenia?

Sarah se irguió en el asiento al escuchar el nombre en boca de Damon. Clavó los ojos en él, pero Damon sacudió la cabeza y prosiguió la conversación.

–Genie, habla en ingles. Es importante. Sarah está aquí conmigo, sí...

Escuchó atentamente mientras Sarah colocaba los brazos en jarras y clavaba las uñas en la palma de la mano. Se mordió el labio inferior y reprimió los reproches que se le agolpaban en la punta de la lengua.

–Sí, eso fue exactamente lo que ocurrió –siguió Damon–. Necesito tu ayuda. Voy a pasarle el teléfono y quiero que hables con ella.

–¡No! –protestó Sarah–. No quiero.

–¡Sí! –insistió Damon–. Eugenia quiere hablarte y tú vas a escucharla. Por favor, Genie, cuéntale a mi esposa qué has estado haciendo hoy.

Y, sin más, le entregó el móvil a Sarah, que lo miró atónita.

–¡Vamos, habla con ella!

Había dicho que ella era su esposa. Sin embargo, su padre le había asegurado que solo deseaba casarse con Eugenia. ¿Por qué arruinaría sus planes diciéndole a su prometida que ya estaba casado?

Sarah tomó el teléfono como si fuera una serpiente venenosa. Se lo llevó al oído sin apartar los ojos de Damon.

–¿Sarah?

Reconoció la voz de Eugenia. La sorpresa era que la otra mujer parecía feliz. No parecía sorprendida por los acontecimientos ni por el hecho de que Damon estuviera casado con otra persona. Sonaba muy excitada y contenta.

–Sí –respondió con cautela.

–¿Has oído lo que me ha preguntado Damon? Tengo que contarte lo que he hecho hoy. Pero tienes que prometerme una cosa. No debes decírselo a mi *papa*. Al menos hasta que tenga la oportunidad de hablar con él. ¿Me lo prometes?

–Sí –asintió Sarah.

–Bueno. Hoy me he casado.

Era lo último que esperaba oír. Era tan increíble que se recostó en el asiento, desbordada por esa respuesta.

–Tú... Pero Damon... –balbució.

–No me he casado con él, tonta. ¿Por qué querría casarme con Damon? Es como mi hermano mayor. Ya sé que nuestros padres habían planeado nuestra boda para fundir las dos fortunas. Pero habría sido una unión comercial, nada más. Además, Damon nunca se ha fijado en mí. Nunca ha querido a ninguna mujer desde que te conoció.

–Nunca ha...

Tenía la garganta tan seca que no podía articular palabra, y la mirada de Damon solo empeoró las cosas. Nunca había visto tanta emoción en ese hombre tan capaz. Nunca había visto tanto deseo, tanta ansiedad, tanto miedo ante la idea de que no creyera en lo que estaba diciéndole.

–¿Qué debo creer? –susurró, la mirada clavada en él, ajena ante el hecho de que Eugenia siguiera al otro lado del teléfono.

–La verdad es que Genie y yo nos entendemos muy bien –dijo son vacilación–. Ambos queríamos casarnos con alguien que no aprobaban nuestras familias. Y no queríamos casarnos entre nosotros. Genie estaba en una situación más delicada debido a la enfermedad de su padre. No podía permitir que descubriera que estaba enamorada de un hombre francés, así que prometí que la ayudaría.

–Hizo creer a mi *papa* que estábamos pensando en casarnos para proporcionarme una coartada en mis citas con Maurice... –añadió Eugenia–. Le hice prometer que no diría nada sobre mi relación. Eso fue antes de que te conociera. Nunca imaginé que él se casaría antes. Nunca pensé que se enamorase. Me ha ayudado en secreto con los preparativos de mi boda. Y hoy me he convertido en la señora de Maurice Messenguer...

Sarah ya no escuchó nada más. Había empezado a temblar y el teléfono se le había caído de las manos. Damon recogió el móvil, agradeció la colaboración de Eugenia, se despidió y apagó el móvil.

Sarah no se había movido. Seguía allí quieta, pálida, la mirada fija en él. Si supiera en qué estaba pensando...

–¡Sarah! –dijo–. Dime algo, vamos...

¿Acaso no sabía que tenía su futuro en sus manos? ¿No sabía que disponía de un poder absoluto sobre él?

–Tu padre... –empezó, y la esperanza en el corazón de Damon creció–. Tu padre me mintió.

–Sí –reconoció–. Sí, cariño, y lo siento. ¡Si lo hubiera sabido! Supongo que comprendió que eras alguien especial. Eras una amenaza real contra sus planes para que las dos familias cerrásemos la unión. Nunca debí dejarte a solas con él.

–Y yo nunca debí creer en lo que me dijo. ¿Por qué...?

Damon conocía la respuesta. Había puesto el arma en bandeja de plata para su padre y era el único culpable de lo sucedido.

–El terreno –señaló y ella echó la cabeza hacia atrás.

–Por supuesto. El terreno.

Aristóteles Nicolaides era un perro viejo muy astuto. Sabía que Damon había ido al encuentro de Sarah, en un primer momento, porque quería ese terreno. Sabía que ella creería esa historia y, por tanto, cualquier cosa.

Las lágrimas asomaron en sus ojos entre la amargura y el dolor.

–¿Por qué...?

Damon tendió las manos hacia ella, pero abortó el gesto.

–Puedo explicártelo, cielo –dijo con calma–. Te juro que no fue como pensabas. Es cierto que acudí a tu encuentro para persuadirte para que vendieras el terreno. Pero una sola mirada me bastó para enamorarme de ti. Perdí el corazón y la cabeza. Olvidé todo acerca del terreno. Solo te deseaba a ti. Solo quería hacerte mi esposa lo antes posible. Pensaba que más adelante podría explicártelo todo. Pero me daba miedo que la confesión te alejara de mí...

–Y fue lo que hice –terminó ella–. Cuando tu padre me dijo...

–Y cuando me acusaste de que me había acercado a ti interesado por el terreno, no pude negarme. Era la verdad, después de todo.

Pero ahora Sarah comprendía que no era toda la verdad. Ojalá lo hubiera visto claro desde el principio. Pero el padre de Damon había jugado sus cartas con maestría. Había estudiado a Sarah y había anotado sus puntos débiles. Sabía que no podía creer que alguien como Damon se hubiera enamorado de ella.

Y había usado ese miedo en su contra.

Pero Damon comprendía por qué había sido tan vulnerable.

–Nunca debí mantener en secreto nuestra boda –dijo con disgusto–. Si me hubiera enfrentado a los hechos...

–Lo comprendo –dijo con un nuevo acento que nacía de la esperanza y la alegría–. Sé que solo querías protegerme.

–Pero te entregué en manos de las mentiras de mi padre.

–Ya nunca más. Ahora formaremos un equipo y no podrá con nosotros. Damon...

El coche frenó en seco. Ya habían llegado al aeropuerto y no sabía adónde iban.

–¿Damon? –se había vuelto hacia ella y tenía algo en la mano–. ¡Mi pasaporte! ¿Qué haces con eso? ¿Qué...?

–Sarah, *agape mou,* tengo que pedirte una cosa. Quiero que me acompañes. No hagas preguntas. Confía en mí. Hay algo que quiero que veas. ¿Vendrás conmigo?

Sarah no necesitaba una respuesta porque ya lo tenía decidido.

–Iría contigo a los confines de la Tierra si me lo pidieras.

–¡Oh, Sarah! –exclamó con deleite, y su rostro se iluminó–. ¿Sabes cuánto te adoro? ¿Sabes que eres mi vida entera?

–Sí, lo sé –asintió–. Yo siento lo mismo.

El vuelo pasó en un suspiro. El avión privado de Damon disponía de toda clase de lujosos detalles, incluida una maravillosa cama de matrimonio. Tan pronto como el avión había tomado altitud, condujo de la mano a Sarah hasta la cama, donde le hizo el amor con tanto cariño que se sintió en las nubes sin necesidad de que el avión los hubiera subido hasta el cielo. Había viajado en las alas del éxtasis del amor.

–Pero ¿adónde vamos? –preguntó horas más tarde, ya en la aduana, mientras arreglaban los papeles y corrían hacia un helicóptero.

Damon se puso a los controles y pilotó el helicóptero sobre el mar azul mientras sobrevolaba la isla de Mykonos. Era la casa de Damon.

–Ten paciencia –gritó por encima del ruido de los motores–. Espera y verás.

Ella se contentó con eso hasta que el helicóptero dio una vuelta en el aire hasta una lengua de tierra que terminaba en una preciosa playa junto al mar.

–¿Lo reconoces? –preguntó una vez que bajaron del

aparato y miraron a su alrededor, siempre de la mano–. ¿Sabes dónde estamos?

–Damon, ¿es parte del terreno de mi familia?

–Sí, pero ya no pertenece a tu abuelo. Ahora es tuya.

–¡Mía! No es posible. Nunca tuve un terreno tan grande. Esto es...

De pronto comprendió algo y se volvió, asombrada.

–Damon, ¿dónde están los hoteles? ¿Qué ha pasado? –preguntó.

–He derribado todo el complejo –explicó.

–¿Por qué? –preguntó, atónita ante ese gesto de locura–. ¿Por qué lo has hecho?

–Fuiste tú. O más bien mi deseo de probarte que la tierra no me importaba y que no la quería si no podía tenerte. Mi padre siempre quiso esta tierra para unir los dos hoteles, pero a mí dejó de importarme cuando te conocí. Así que le he comprado sus terrenos y lo he derribado todo –sacó unos documentos de propiedad–. Esto es tuyo.

Sarah intentó leer los documentos con ojos llorosos, pero no entendía nada.

–¿Qué es esto, Damon? No lo entiendo.

–¿No lo ves, amor mío? –dijo con una sonrisa resplandeciente–. Esta tierra es tuya. Todo lo que tu vista alcanza. Estos son los documentos. Por eso fui a buscarte a Londres. Quería traerte de vuelta y que lo vieras. Entregártelo aunque no siguieras siendo mi esposa. Y después iba a rogarte que volvieras a mi lado. Quería que estuvieras convencida de que te amaba por ti misma...

–¡Eso ya lo sé!

Sarah se tiró a su cuello, lo rodeó con los brazos y lo besó con todo el amor que brotaba de su corazón y de su alma.

–Damon, amor mío. No necesitas hacer nada de esto. Te quiero y te entrego mi vida. Toda esa infelicidad ha quedado atrás. Tenemos un maravilloso futuro por delante.

Damon devolvió los besos y la estrechó contra su pecho. La pasión con que correspondió a sus palabras contenía promesas que las palabras no podían expresar. Sarah levantó la cabeza para tomar aire y miró en derredor para admirar la belleza de esa tierra. Una tierra que había sembrado la disensión, pero que ahora era un símbolo de su vida en común. El final de la rivalidad. Las dos familias unidas en paz.

–¿De verdad es todo mío? –preguntó–. ¿Puedo disponer de esta tierra como quiera?

–Absolutamente, *ghineka mou.* Es todo tuyo.

–La verdad es que me gustaría construir una casa aquí –dijo con una sonrisa radiante que expresaba su felicidad–. Una enorme casa familiar. Un espacio en el que podamos instalarnos y vivir juntos el resto de nuestra vida. ¿Qué opinas, *andhras mou*?

–Me parece una idea magnífica –aseguró Damon–. Es perfecta. De hecho, pensaba exactamente lo mismo que tú. No se me ocurre nada más maravilloso que pasar el resto de mis días junto a ti haciéndote feliz cada minuto.

Y, estrechando a Sarah entre sus brazos, Damon atrapó sus labios en un beso que selló esa promesa de amor eterno.